Feltrinelli

MATHIAS MALZIEU

La meccanica del cuore

Traduzione di Cinzia Poli

Feltrinelli

Titolo dell'opera originale
LA MÉCANIQUE DU CŒUR

Traduzione dal francese di
CINZIA POLI

Prima edizione ne "I Narratori" aprile 2012
Prima edizione nell'"Universale Economica" maggio 2013
Prima edizione nell'"Universale Economica extra" maggio 2023

Stampa Grafica Veneta di Trebaseleghe - PD

ISBN 978-88-07-84094-4

Per te Acacita,
che hai fatto crescere questo libro dentro di me

Uno, non toccare le lancette.
Due, domina la rabbia.
Tre, non innamorarti, mai e poi mai.
Altrimenti, nell'orologio del tuo cuore, la grande lancetta delle ore ti trafiggerà per sempre la pelle,
le tue ossa si frantumeranno,
e la meccanica del cuore andrà di nuovo in pezzi.

1

Il 16 aprile del 1874 nevica su Edimburgo. Un freddo cane, fuori del normale, inchioda la città. I vecchi commentano che potrebbe essere il giorno più freddo del mondo. Il sole sembra scomparso per sempre. Il vento è sferzante, i fiocchi di neve sono più leggeri dell'aria. BIANCO! BIANCO!BIANCO! Esplosione sorda. Non si vede altro. Le case ricordano locomotive a vapore, il fumo grigiastro che esala dai camini fa scintillare un cielo d'acciaio.

Edimburgo e le sue ripide strade subiscono una metamorfosi. Una dopo l'altra le fontane si trasformano in composizioni di ghiaccio. Il vecchio fiume, in genere molto serio nel suo ruolo di fiume, si è mascherato da lago di zucchero a velo che si estende fino al mare. Il frastuono della risacca echeggia come vetri rotti. La brina produce meraviglie ricoprendo di paillette il corpo dei gatti. Gli alberi somigliano a grandi fate in camicia da notte, che distendono le braccia, sbadigliano alla luna e guardano le carrozze slittare su una pista di pattinaggio lastricata. È talmente freddo che gli uccelli si congelano in volo prima di schiantarsi al suolo. Cadendo fanno un rumore incredibilmente dolce per essere un rumore di morte.

È il giorno più freddo del mondo. Proprio oggi mi accingo a nascere.

Accade in una vecchia casa in bilico sulla cima della collina più elevata di Edimburgo – Arthur's Seat –, un vulcano incastonato nel quarzo blu, sulla cui vetta raccontano che riposi la salma del buon vecchio re Artù. Il tetto della casa è altissimo e molto aguzzo. Il camino a forma di coltello da macellaio punta alle stelle. La luna ci affila le sue falci. Non c'è nessuno qui, solo alberi.

All'interno è tutto di legno, come se la casa fosse scolpita in un enorme abete. Sembra quasi di entrare in una capanna: una profusione di travi scabre a vista, finestrelle recuperate dal cimitero dei treni, un tavolo basso ricavato direttamente da un ceppo. Innumerevoli cuscini di lana riempiti con foglie morte ricamano un'atmosfera da nido. In questa casa avvengono molti parti clandestini.

Qui vive la strana dottoressa Madeleine, una levatrice che gli abitanti della città considerano pazza. È abbastanza graziosa per essere una vecchia signora. La scintilla del suo sguardo è intatta, ma ha una specie di falso contatto nel sorriso.

Mette al mondo i figli delle prostitute, delle donne abbandonate, troppo giovani o troppo infedeli per partorire nel circuito classico. Oltre ai parti, la dottoressa Madeleine adora riparare la gente. È una grande esperta di protesi meccaniche, occhi di vetro, gambe di legno... Nel suo laboratorio si trova di tutto.

Alla fine del diciannovesimo secolo, tanto basta per essere sospettati di stregoneria. In città si racconta che uccida i neonati per farne schiavi ectoplasmatici e che si accoppi con volatili di ogni genere per dare vita a creature mostruose.

Durante il lungo travaglio, la mia giovanissima madre osserva con occhio distratto i fiocchi di neve e gli uccelli che cadono silenziosamente oltre la finestra. Sembra una bambina che gioca a fare la donna incinta. Ha la testa piena di malinconia, sa di non potermi tenere. A malapena osa chinare lo sguardo sul ventre pronto a schiudersi. Quando il mio arrivo si fa incalzante, chiude le palpebre senza contrarle. La sua pelle si confonde con le lenzuola come se il letto l'aspirasse e lei si sciogliesse.

Piangeva già quando saliva la collina per arrivare qui. Le sue lacrime ghiacciate rimbalzavano al suolo come perle di una collana spezzata. Man mano che avanzava, sotto i piedi le si formava un tappeto di scintillanti cuscinetti a sfere. Ha iniziato a scivolare e ha continuato, ancora e ancora. La cadenza dei passi è diventata troppo rapida. È inciampata, le caviglie hanno vacillato ed è caduta violentemente in avanti. All'interno ho fatto un rumore di salvadanaio rotto.

La dottoressa Madeleine è stata la mia prima visione. Le sue dita mi hanno preso il cranio a forma di oliva – un pallone da rugby in miniatura –, poi mi sono raggomitolato, tranquillo.

Mia madre preferisce distogliere lo sguardo. In ogni caso le sue palpebre non ne vogliono sapere di funzionare. "Apri gli occhi! Osserva l'arrivo di questo fiocco di neve piccolissimo che hai creato tu!"

Madeleine dice che somiglio a un uccello bianco con i piedoni. Mia madre replica che se non mi guarda, non lo fa per avere in cambio una descrizione.

"Non voglio vedere né sapere niente!"

All'improvviso la dottoressa sembra preoccupata. Palpa senza sosta il mio minuscolo torace. Il sorriso le scompare dal volto.

"Il suo cuore è durissimo, penso che sia ghiacciato."

"Anche il mio, cosa crede? Non mi pare il caso di rincarare la dose."

"Ma il suo cuore è davvero ghiacciato!"

Mi scuote in alto e in basso, e si sente lo stesso rumore di quando qualcuno fruga nella borsa degli attrezzi.

La dottoressa Madeleine si affaccenda davanti al piano da lavoro. Mia madre aspetta, seduta sul letto. Trema e stavolta non per il freddo. Sembra una bambola di porcellana fuggita da un negozio di giocattoli.

Fuori nevica sempre più intensamente. L'edera argentata si arrampica sotto i tetti, le rose diafane si piegano alle finestre, come miniature sulla strada. I gatti con gli artigli conficcati nelle grondaie si trasformano in gargolle.

Nel fiume i pesci all'improvviso sono rimasti immobilizzati in una smorfia. Tutta la città è in mano a un soffiatore di vetro, e il freddo che spira morde le orecchie. In una manciata di secondi, i pochi coraggiosi che osano avventurarsi fuori si trovano paralizzati, come se un dio qualunque li avesse appena fotografati. Qualcuno, trascinato dallo slancio del suo trotterellare, comincia a scivolare, giusto il tempo di un ultimo balletto. Sono quasi belli, ognuno con il proprio stile, angeli contorti con le sciarpe conficcate nel cielo; ballerine di carillon alla fine della corsa, che rallentano al ritmo del loro ultimissimo soffio.

Ovunque, passanti ghiacciati o prossimi a esserlo si fermano pietrificati nel roseto delle fontane. Solo gli orologi continuano a far battere il cuore della città come se niente fosse.

"Eppure me l'avevano detto di non salire a Arthur's Seat. Mi avevano avvertito che questa vecchia è pazza," pensa mia madre. La poveretta pare morta di freddo. Se la dottoressa riuscirà a riparare il mio cuore, dopo credo che avrà da fare ancor di più con quello di mia madre... Aspetto disteso sul banco accanto al piano di lavoro, nudo come un verme e con il busto stretto in una morsa di metallo. Inizio davvero a congelarmi.

Un decrepito gatto nero con modi da maggiordomo è chino sul tavolo della cucina. La dottoressa gli ha costruito un paio di occhiali. Montatura verde intonata agli occhi, che classe! Osserva la scena con fare esperto: gli mancano solo un giornale economico e un sigaro in bocca!

La dottoressa Madeleine comincia a rovistare sullo scaffale degli orologi meccanici. Tira fuori parecchi modelli diversi: spigolosi con l'aria severa, rotondetti, in legno e in metallo, pretenziosi fino alla punta delle lancette. Con un orecchio ascolta il mio cuore difettoso, con l'altro i tic tac. Aggrotta le sopracciglia, non pare convinta. Sembra una di quelle vecchie insopportabili che al mercato ci mettono un quarto d'ora per scegliere un pomodoro. Poi, all'improvviso, le si illumina lo sguardo. "Questo!" urla, accarezzando con la punta delle dita gli ingranaggi di un vecchio orologio a cucù.

L'orologio sarà quattro centimetri per otto, è tutto di legno, eccetto il meccanismo, il quadrante e le lancette. La rifinitura è piuttosto rustica. "Roba solida," pensa la dottoressa a voce alta. Il cucù, grande come una falange del mio mignolo, è rosso con gli occhi neri. Il becco spalancato lo fa somigliare a un uccello morto.

"Con questo orologio avrai un cuore buono! E si intonerà perfettamente alla tua testa da uccellino," mi dice Madeleine.

Non mi piace granché questa storia degli uccelli, ma preferisco non fare polemiche, in fondo cerca di salvarmi la vita.

La dottoressa Madeleine si infila un grembiule bianco – stavolta è sicuro: sta per mettersi a cucinare. Mi sento come un pollo alla griglia che hanno dimenticato di ammazzare. Fruga in un'insalatiera, prende un paio di occhiali da saldatore e si copre il viso con un fazzoletto. Non la vedo più sorridere. Si piega su di me e mi fa respirare dell'etere. Le palpebre si chiudono, docili come le persiane in una sera d'estate molto lontano da qui. Non ho più voglia di gridare. La guardo mentre il sonno a poco a poco mi vince. In lei tutto è rotondo: gli occhi, gli zigomi rugosi come mele renette, il petto. Un vero e proprio meccanismo in cui avvolgersi. Anche quando non avrò fame, farò finta. Solo per morderle il seno.

Madeleine mi taglia la pelle del torace con delle forbicione seghettate. Il contatto con i minuscoli denti mi fa un po' il solletico. Mi infila il piccolo orologio sottopelle e inizia a collegare gli ingranaggi con le arterie del cuore. È un procedimento delicato, non bisogna rovinare niente. Utilizza il filo d'acciaio, solido e molto sottile, per creare una dozzina di piccolissimi nodi. Ogni tanto il cuore batte, ma la quantità di sangue pompata nelle arterie è scarsa. "Com'è bianco!" dice sottovoce.

È l'ora della verità. La dottoressa Madeleine regola l'orologio a mezzanotte in punto... Non succede niente. Il sistema meccanico non sembra abbastanza potente da attivare le pulsazioni cardiache. Il cuore non batte da un tempo pericolosamente lungo. Mi gira la testa e mi sento prigioniero di un sogno estenuante. La dottoressa preme piano piano sugli ingranaggi per innescare il movimento. "Tic, tac," fa l'orologio. "Bu-um," risponde il cuore, e le arterie si colorano di rosso. Poco a poco il tic tac e il bu-um accelerano. Tic tac. Bu-um. Tic tac. Bu-um. Il cuore batte a una velocità quasi normale. La dottoressa Madeleine toglie delicatamente le dita dagli ingranaggi. L'orologio rallenta. Lei aziona di nuovo la macchina per riattivare la meccanica, ma non appena sposta le dita, il ritmo del cuore si affievolisce. Sembra che coccoli una bomba chiedendosi quando esploderà.

Tic tac. Bu-um. Tic tac. Bu-um.

I primi fasci di luce rimbalzano sulla neve e filtrano dalle imposte. La dottoressa Madeleine è sfinita. Io mi sono addormentato, forse sono morto perché il mio cuore si è fermato troppo a lungo.

All'improvviso il canto del cucù mi risuona così forte in petto che tossisco dallo stupore. Sgrano gli occhi e vedo la dottoressa Madeleine con le braccia alzate come se avesse appena segnato un calcio di rigore durante la finale della Coppa del mondo.

Poi inizia a ricucirmi come un grande sarto. Non sembro sciupato, piuttosto è come se la mia pelle fosse invecchiata: ho rughe alla Charles Bronson, tanto per capirsi. Che classe! Il quadrante è protetto da un'enorme fasciatura.

Ogni mattina devo essere ricaricato con l'aiuto di una chiave, altrimenti potrei addormentarmi per sempre.

Mia madre dice che sembro un enorme fiocco di neve con delle lancette più grandi di lui. Madeleine le risponde che sarà più facile trovarmi in mezzo a una tempesta di neve.

È mezzogiorno, la dottoressa accompagna la ragazza alla porta con il suo modo affettuoso di sorridere in mezzo alle catastrofi. La mia giovane madre cammina lentamente. Le tremano le labbra.

Si allontana con la sua andatura da anziana signora malinconica in un corpo adolescente.

Confusa nella nebbia, mia madre diventa un fantasma di porcellana. Da quel giorno strano e meraviglioso non l'ho più vista.

2

Madeleine riceve visite ogni giorno. I pazienti che non hanno i mezzi economici per ricorrere alle cure di un medico "laureato", quando si rompono qualcosa alla fine approdano sempre qui. Che si tratti di metterne a punto la meccanica o di ripararlo prendendosi il tempo di parlare, a lei piace aggiustare il cuore della gente. Quando un cliente si lamenta perché ha la colonna vertebrale arrugginita, mi sento piacevolmente normale con il mio orologio.

"È ovvio: è di metallo!"

"Sì, ma cigola non appena muovo un braccio!"

"Le ho già prescritto un ombrello. Lo so che è difficile da trovare in farmacia. Per stavolta le presto il mio, ma veda di procurarsene uno prima del prossimo appuntamento."

Assisto anche alla sfilata delle giovani coppie ben vestite che salgono sulla collina per adottare i figli che non hanno potuto avere. Si svolge come una visita immobiliare: Madeleine elenca le qualità del bambino che non piange mai, mangia in modo equilibrato o è già pulito.

Aspetto il mio turno, seduto su un divano. Sono il modello più piccolo, potrei quasi entrare in una scatola da scarpe. Quando l'attenzione si sposta su di me, all'inizio si susseguono sempre sorrisi commossi, più o meno falsi, fino al momento in cui uno dei futuri genitori chiede: "Cos'è questo tic tac che si sente qui?".

Allora la dottoressa mi prende sulle ginocchia, mi sbottona i vestiti e scopre la fasciatura. Alcuni gridano, altri si limitano a una smorfia e domandano:

"Mio Dio, cos'è questo coso?".

"Se si fosse trattato solo di Dio, ora non staremmo a parlarne. Questo 'coso', come lo chiama lei, è un orologio che permette al cuore del bambino di battere normalmente," risponde lei con fermezza.

Le coppiette mettono su un'espressione turbata e vanno a bisbigliare nella stanza accanto. Il verdetto è sempre lo stesso:

"No, grazie. Possiamo vedere altri bambini?".

"Certo, seguitemi, ho due bambine nate la settimana di Natale," propone, quasi allegra.

All'inizio non mi rendevo davvero conto di cosa succedesse, ero troppo piccolo. Crescendo però mi sono sentito offeso di essere considerato, in un certo senso, il bastardo del canile. Mi chiedo seriamente perché un semplice orologio possa disgustare tanto la gente. In fondo si tratta solo di un po' di legno!

Oggi, dopo l'ennesimo tentativo di adozione andato in fumo, mi si è avvicinato un paziente abituale della dottoressa. Arthur è un ex ufficiale di polizia diventato un barbone alcolizzato. In lui tutto è sgualcito, dal soprabito alle palpebre. È abbastanza alto e lo sarebbe ancora di più se stesse dritto. In genere non mi rivolge mai la parola. Stranamente, mi piace il suo modo di non rivolgermi mai la parola. C'è un che di rassicurante nel suo attraversare la cucina zoppicando, accennando un mezzo sorriso e un gesto con la mano.

Mentre nella stanza accanto Madeleine si occupa delle

coppiette ben vestite, Arthur oscilla. La colonna vertebrale gli cigola come la porta di una prigione. Alla fine si lancia:

"Non preoccuparti, piccolo! Prima o poi nella vita passa tutto, credimi. Si guarisce sempre, anche se ci vuole del tempo. Qualche settimana fa, prima del giorno più freddo del mondo, ho perso il lavoro e mia moglie mi ha sbattuto fuori. E dire che avevo accettato di tornare in polizia per lei. Sognavo di diventare musicista, ma eravamo davvero al verde".

"Che cos'è successo? Perché la polizia non ti vuole più?"

"Puoi negare la tua natura quanto vuoi, tanto quella ti riacciuffa al volo! Al commissariato, rileggevo le deposizioni cantandole e passavo più tempo alla tastiera dell'armonium che a quella della macchina per scrivere. E poi bevevo un po' di whisky, giusto quel poco che bastava per dare consistenza alla voce... Ma quelli non capivano niente di musica, mi segui? Alla fine mi hanno chiesto di andarmene. E io ho avuto la cattiva idea di raccontare tutto a mia moglie. Il resto lo conosci già... Allora ho speso quello che avevo in whisky. Mi ha salvato la vita, credimi."

Adoro il modo in cui dice "credimi". Assume un tono molto solenne quando mi spiega che il whisky gli "ha salvato la vita".

"Quel famoso 16 aprile del 1874, il freddo mi ha spezzato la schiena: dopo quei bui eventi, solo il calore dell'alcol che mando giù mi ha impedito di gelare completamente. Sono l'unico sopravvissuto fra i barboni, tutti i miei compagni sono morti di freddo."

Alza il cappotto e mi dice di guardargli la schiena. Mi sento un po' a disagio, ma non posso rifiutare.

"Per aggiustarmi la parte rotta la dottoressa Madeleine mi ha trapiantato un pezzo di colonna vertebrale musicale con le ossa accordate. Se mi batto sulla schiena con un martello, posso comporre delle melodie. Ha un ottimo suono, in compenso però cammino come un granchio. Suona pure un pezzo se vuoi," mi dice passandomi il martelletto.

"Non sono capace!"

"Aspetta, aspetta, cantiamo qualcosa e vedrai."

Comincia a cantare *Oh When the Saints*, accompagnandosi con il suo ossofono. La voce è rassicurante come il buon vecchio fuoco di un caminetto nelle serate invernali.

Mentre se ne va, apre la sua bisaccia piena di uova di gallina.

"Perché ti porti dietro tutte quelle uova?"

"Perché sono piene di ricordi... Mia moglie le cucinava divinamente. Quando me le faccio, mi sembra di stare ancora insieme a lei."

"Sai cucinarle bene come lei?"

"No, io faccio certe schifezze! Però così riesco a ravvivare più facilmente i nostri ricordi. Prendine uno, se ti va."

"No, non ti voglio privare di un ricordo."

"Non ti preoccupare per me, ne ho perfino troppi. Tu ancora non lo sai, ma un giorno ti farà piacere aprire lo zaino e trovare un ricordo dell'infanzia."

Nel frattempo, sono sicuro solo di una cosa: non appena risuoneranno gli accordi minori di *Oh When the Saints*, per qualche ora le nebbie degli affanni si dissiperanno.

La dottoressa ha smesso di mostrarmi ai clienti dopo il mio quinto compleanno. Mi faccio sempre più domande e il bisogno di risposte aumenta ogni giorno.

Anche il desiderio di vedere il "pianterreno della montagna" si fa ossessivo. Quando la notte salgo da solo sul tetto di casa, ne avverto il brontolio misterioso. La luce della luna cinge le strade del centro cittadino con un alone zuccheroso che sogno di mordere.

Madeleine mi ripete continuamente che il momento di affrontare la realtà cittadina arriverà fra non molto.

"Non devi essere precipitoso, lo sai che ogni battito del tuo cuore è un piccolo miracolo. È una riparazione fragile. Crescendo probabilmente migliorerà ma devi avere pazienza."

"Quanti giri dovrà fare la lancetta delle ore?"

"Qualcuno... qualcuno. Prima di lasciarti libero, vorrei che il tuo cuore si irrobustisse ancora un po'."

Devo ammetterlo, l'orologio mi dà qualche grattacapo. È la parte più sensibile del mio corpo. Non sopporto che lo tocchi nessuno a parte Madeleine. È lei che, aiutandosi con una chiavetta, mi ricarica ogni mattina. Quando prendo freddo, i colpi di tosse mi fanno male agli ingranaggi. Sembra quasi che mi perforino la pelle. Odio il rumore di stoviglie rotte che producono.

Ma la preoccupazione maggiore è lo sfasamento orario. La sera, quel tic tac che risuona dappertutto mi impedisce di prendere sonno. E così, può capitare che crolli di stanchezza nel bel mezzo del pomeriggio e mi senta in ottima forma nel mezzo della notte. Non sono un criceto e neppure un vampiro, sono solo insonne.

In compenso, come succede spesso alle persone affette da una malattia, mi spetta qualche piacevole contropartita. Mi piacciono quei preziosi momenti in cui Madeleine, come un fantasma in camicia da notte, si introduce in camera per placare la mia insonnia servendosi di ammalianti ninne nanne e di una tazza di cioccolata calda in mano. A volte canta fino all'alba accarezzando i miei ingranaggi con la punta delle dita. È estremamente dolce. "*Love is dangerous for your tiny heart*," ripete ipnoticamente. Sembra che reciti le antiche formule di un libro di magia per farmi addormentare. Mi piace sentire la sua voce che risuona sotto il cielo tempestato di stelle, anche se quel modo di sussurrare "*love is dangerous for your tiny heart*" mi pare un po' strano.

Finalmente, il giorno del mio decimo compleanno, la dottoressa Madeleine accetta di portarmi in città. È tanto tempo che glielo chiedo... Eppure fino all'ultimo fa di tutto per ritardare la partenza, mettendo in ordine alcuni oggetti o passando da una stanza all'altra.

Mentre la seguo in cantina, trepidante, scopro una mensola piena di flaconi. Alcuni hanno un'etichetta, "Lacrime 1850-1857", altri sono riempiti con "Mele del giardino".

"Di chi sono tutte queste lacrime?" le chiedo.

"Mie. Non appena piango, le depongo in un flacone e le conservo in cantina per farne dei cocktail."

"Com'è possibile che tu produca tante lacrime?"

"Quando ero giovane, un embrione, tentando di raggiungere il mio ventre, ha sbagliato direzione. È rimasto intrappolato in una tuba, provocandomi un'emorragia interna. Da allora, non posso avere figli. Anche se sono felice di far nascere quelli degli altri, ho pianto molto. Da quando ci sei tu però sto molto meglio..."

Mi vergogno di averle fatto questa domanda.

"Un giorno in cui ho pianto molto, mi sono accorta che bere le lacrime consolava, soprattutto se mischiate a un po' di alcol di mele. Ma non bisogna prenderle quando siamo del solito umore, altrimenti non riusciremmo più a essere allegri senza berle e diventa un circolo vizioso: non smettiamo più di piangere per poter bere le nostre lacrime."

"Passi il tempo a riparare la gente, ma anneghi le tue ferite nell'alcol delle tue stesse lacrime. Perché?"

"Non preoccuparti, oggi non dobbiamo forse scendere in città? Abbiamo un compleanno da festeggiare o sbaglio?" dice sforzandosi di sorridere.

La storia delle lacrime di Madeleine mi ha turbato e la gita in città ci mette un po' a risvegliare la mia eccitazione. Ma basta che veda Edimburgo perché i miei sogni riprendano il sopravvento.

Mi sento come Cristoforo Colombo quando ha scoperto l'America! Il labirinto contorto delle strade mi attira come un'amante. Le case si inclinano le une verso le altre restringendo il cielo. Corro! Sembra che un semplice soffio possa far crollare la città come un domino di mattoni. Corro! Gli alberi sono rimasti piantati in cima alla collina ma la gente spunta dappertutto, esplodono bouquet di donne, con cappelli floreali, abiti floreali! Irrompono dai balconi fino al mercato che colora piazza Saint Salisbury.

Mi ci perdo dentro, rumori di zoccoli rimbombano sul selciato, il suono delle voci che si confondono mi rapisce. E poi quel grande campanile che rintocca con un cuore dieci volte più grande del mio.

"È mio padre quello?"

"No, no, non è tuo padre... È la grande campana dell'una, suona solo una volta al giorno," risponde Madeleine senza fiato.

Attraversiamo la piazza. Svoltando in un vicolo, si sente riecheggiare una musica maliziosa e malinconica come una serie di scintille armonizzate. Questa melodia mi sconvolge, ho la sensazione che dappertutto dentro di me piova e allo stesso tempo splenda il sole.

"È un organo di Barberia. È carino, vero?" mi dice Madeleine. "Funziona più o meno come il tuo cuore, forse è per questo che ti piace tanto. Si tratta di uno strumento meccanico con delle emozioni all'interno."

Credevo di aver appena udito il suono più incantevole di tutta la mia vita, ma mi aspettavano sorprese ancora più gustose. Una ragazza piccolissima simile a un albero in fiore si mette davanti all'organo e inizia a cantare. Il suono della sua voce ricorda il canto di un usignolo, però animato da parole. "*Ho perso i miei occhiali, ma l'ho fatto per dispetto, con loro il mio visetto, è una fiamma... con gli occhiali.*"

Le sue braccia somigliano a rami e i suoi neri capelli ondulati le accendono il viso come il riverbero di un incendio. Il naso splendidamente disegnato è tanto minuscolo che mi chiedo come possa respirare: secondo me, è lì solo per ornamento. Balla come un uccello in equilibrio sui tacchi a spillo, impalcature femminili. Ha occhi immensi, e vale la pena di guardarci dentro a lungo. Ci si legge una determinazione feroce. Ha un portamento della testa altero, come una ballerina di flamenco in miniatura. Il suo seno somiglia a due piccole meringhe ben cotte che sarebbe un peccato non divorare immediatamente.

"*Vederci poco è un gioco. Per i baci e le canzoni, gli occhi vanno chiusi.*"

Mi invade un gran calore. La giostra della piccola cantante mi spaventa, ma muoio dalla voglia di salirci. Il profumo di zucchero filato e di polvere mi secca la gola, non so come funzioni un missile rosa, ma ci devo salire.

Di colpo mi metto anch'io a cantare, come nei musical. La dottoressa mi guarda con un'espressione del tipo: "Toglisubito-le mani-dal-fornello".

"*Piccolo incendio mio, ti divorerò il vestito, lascia che lo morda, a pezzetti lo sputerò e nella pioggia di coriandoli ti bacerò.*"

"Coriandoli," ho sentito bene?

Lo sguardo di Madeleine sbraita.

"*Vedo solo fuoco, pochi passi appena e mi perdo lontano, tanto lontano dal cammino che non oso nemmeno guardare il cielo dritto negli occhi, vedo solo fuoco.*"

"*Ti condurrò fuori della tua testa, sarò i tuoi occhiali e tu il mio fiammifero.*"

"*Sento la tua voce ma te lo devo confessare, non ti riconoscerei neppure se tra due vecchi ti dovessi guardare.*"

"*L'un l'altra ci strusceremo fino a consumarci lo scheletro e, a mezzanotte in punto all'orologio del mio cuore, ci infiammeremo e di riaprire gli occhi bisogno non avremo.*"

"Lo so, la mia faccia sembra fiamma, e se la musica si ferma, gli occhi non posso aprire, con mille fuochi nelle palpebre, da fiammifero mi accendo, riduco gli occhiali in frantumi, ma aprire gli occhi non intendo."

Proprio mentre le nostre voci salgono all'unisono, il tacco sinistro le si conficca fra due assi, lei oscilla come una trottola a fine corsa e rovina sulla strada ghiacciata. Un incidente comico ma violento. Il sangue le scorre sull'abito di piume di uccello. Ha movenze da gabbiano ferito. La trovo commovente anche raggomitolata sul selciato. Cercando a tentoni come una sonnambula, si infila faticosamente un paio di occhiali con le aste storte. Sua madre la tiene per mano, o meglio, dato che usa maggiore fermezza di quanto i genitori facciano di solito, la trattiene per mano.

Provo a dirle qualcosa, ma le parole mi restano intrappolate in gola. Com'è possibile che due occhi così grandi e meravigliosi funzionino tanto male da lasciarla sbattere contro gli oggetti?

La dottoressa Madeleine e sua madre scambiano qualche parola, sembrano le padrone di due cani che si siano appena azzuffati.

Il battito del mio cuore accelera ancora, ho difficoltà a riprendere fiato. Mi sembra che l'orologio si stia gonfiando e mi salga in gola. Questa ragazza è appena uscita da un uovo? Forse è roba da mangiare? È di cioccolato? Che cos'è questa confusione?

Cerco di guardarla negli occhi, ma i miei sono rapiti dalla sua splendida bocca. Non credevo che si potesse passare tanto tempo a osservare una bocca.

All'improvviso, nel mio cuore il cucù inizia a suonare, fortissimo, molto più forte di quando ho le mie crisi. Sento gli ingranaggi girare vorticosamente come se avessi ingoiato un elicottero. Il carillon mi rompe i timpani, mi turo le orecchie e ovviamente è perfino peggio. Le lancette mi taglieranno la gola. La dottoressa Madeleine cerca di calmarmi con gesti lenti, come un uccellatore che cerca di afferrare un canarino terrorizzato in gabbia. Ho un caldo tremendo.

Avrei voluto fare l'aquila reale o il gabbiano grandiosamente figo, e invece ho fatto il canarino stressato impantanato nei suoi sussulti. Spero che la piccola cantante non mi abbia visto. Il mio tic tac fa uno schiocco secco, apro gli occhi e mi trovo faccia a faccia con il cielo blu. Il pugno di ferro della dottoressa Madeleine mi prende per un lembo del colletto della camicia e solleva leggermente i miei talloni da terra. Poi mi afferra per le braccia.

"Torniamo subito a casa! Hai spaventato tutti! Tutti!"

Sembra furibonda e preoccupata insieme. Mi vergogno. Ma allo stesso tempo penso alle immagini di quel fuscello di ragazza che canta senza occhiali e guarda il sole negli occhi. Impercettibilmente, finisco per innamorarmi. Anche percettibilmente. Nel mio orologio è il giorno più caldo del mondo.

Dopo un quarto d'ora di messa a punto e una buona zuppa di vermicelli, ho recuperato il mio bizzarro stato normale.

Madeleine invece ha i lineamenti tirati, come quando canta troppo per riuscire ad addormentarmi, ma ha un'espressione ancora più preoccupata.

"Il tuo cuore è solo una protesi, è più fragile di un cuore qualsiasi e sarà sempre così. I meccanismi dell'orologio non riescono a filtrare bene le emozioni come farebbero i tessuti. Devi essere davvero molto prudente. Ciò che è accaduto in città quando hai visto la piccola cantante conferma i miei timori: l'amore è troppo pericoloso per te."

"Mi è piaciuto moltissimo guardarle la bocca."

"Non lo dire!"

"Ha una gran varietà di fossette, il suo sorriso ha mille combinazioni e mette subito voglia di osservarla a lungo."

"Non capisci e per te tutto questo è un gioco. Ma tu scherzi con il fuoco ed è una cosa molto pericolosa, soprattutto per chi ha un cuore di legno. Quando tossisci, ti fanno male gli ingranaggi o no?"

"Sì."

"Sappi che è una sofferenza ridicola rispetto a quella che ti può provocare l'amore. Un giorno o l'altro, tutto il piacere e la gioia che l'amore può suscitare si pagano con la sofferenza. E più si ama intensamente e più il dolore sarà moltiplicato. Sperimenterai l'assenza, poi i tormenti della gelosia, dell'incomprensione, infine la sensazione del rifiuto e dell'ingiustizia. Avrai freddo fino nelle ossa e il sangue formerà dei ghiaccioli che sentirai passare sotto la pelle. La meccanica del tuo cuore esploderà. Ti ho trapiantato io questo orologio, conosco perfettamente i limiti del suo funzionamento. Può darsi che resista all'intensità del piacere, e sarebbe già molto. Ma non è abbastanza robusto da sopportare le pene d'amore."

Madeleine ha un sorriso triste – ancora quello strano falso contatto, ma adesso è privo di rabbia.

3

Il mistero che avvolge la piccola cantante mi rende euforico. Colleziono immagini mentali delle sue lunghe ciglia, delle fossette, del naso perfetto e delle pieghe delle labbra. Cullo il suo ricordo con la stessa cura che riserviamo a un fiore delicato. Le dedico molto tempo.

Penso solo a una cosa: ritrovarla. Gustare ancora, prima possibile, quell'indicibile sensazione. Rischio di sputare uccelli dal naso? Dovrò farmi riparare spesso il cuore, e allora? Mi riparano questa roba da quando sono nato. Rischio la morte? Forse, ma adesso rischio la vita se non la rivedo, e alla mia età mi sembra molto più grave.

Capisco meglio perché la dottoressa desiderasse tanto ritardare il mio confronto con il mondo esterno. Prima di conoscere il sapore delle fragole con lo zucchero, non le chiediamo ogni giorno.

Certe sere la piccola cantante viene a trovarmi anche in sogno. Stanotte è alta due centimetri, entra nel buco della serratura del mio cuore e si siede a cavalcioni della lancetta delle ore. Mi guarda con quegli occhi da cerbiatta elegante. Anche se dormo, è impressionante. Poi comincia a leccarmi delicatamente la lancetta dei minuti. Mi stuzzica, qualcosa di meccanico entra in moto, non sono sicuro che si tratti solo del cuore... CLIC CLAC DIN! CLIC CLAC DON! Maledetto orologio a cucù! Mi sveglio di colpo.

"*Love is dangerous for your tiny heart even in your dreams, so please dream softly*," mi sussurra Madeleine. "Adesso dormi..."

Fosse facile con un cuore così!

L'indomani mi sveglio di soprassalto per alcune martellate. Madeleine, in piedi su una sedia, sta piantando un chiodo sopra al mio letto. Pare molto determinata, con un pezzo di ardesia fra i denti. È un rumore proprio fastidioso, sembra che la dottoressa mi conficchi il chiodo direttamente in testa. Poi appende la lavagnetta, su cui è scritto minacciosamente:

Uno, non toccare le lancette.
Due, domina la rabbia.
Tre, non innamorarti, mai e poi mai.
Altrimenti, nell'orologio del tuo cuore, la grande lancetta delle ore ti trafiggerà per sempre la pelle,
le tue ossa si frantumeranno,
e la meccanica del cuore andrà di nuovo in pezzi.

Quella lavagna mi terrorizza. Non ho nemmeno più bisogno di leggerla, la conosco a memoria. Soffia un vento sinistro fra i miei ingranaggi.

Ma, per quanto l'orologio sia fragile, la piccola cantante ci si è sistemata proprio bene. Ha appoggiato le sue valigie pesanti come incudini in ogni angolo, e dire che non mi sono mai sentito così leggero come dopo che l'ho incontrata.

Costi quel che costi, devo escogitare un modo per ritrovarla. Come si chiama? Dove posso rivederla? So soltanto che non ha una buona vista e canta come un usignolo ma usando le parole. Nient'altro.

Discretamente provo a chiedere alle giovani coppie che vengono per le adozioni. Non mi risponde nessuno. Tento la fortuna con Arthur. "L'ho già sentita cantare in città, ma è da un po' che non la vedo più." Forse le ragazze saranno più propense a fornirmi un indizio.

Anna e Luna sono due prostitute che capitano sempre in periodo natalizio con gli occhi rivolti alla pancia già tonda. Dal modo in cui mi rispondono: "No, no, non sappiamo niente. Niente di niente... È vero, Anna, che non sappiamo niente? Non sappiamo un bel niente," capisco di essere sulla buona strada.

Sembrano due bambine cresciutelle. In fondo sono davvero due bambine di trent'anni con travestimenti aderenti leopardati. Anche quando non fumano, i loro vestiti hanno sempre uno strano odore di erbe provenzali. Le sigarette che usano danno loro un'aria annebbiata, probabilmente solleticano il cervello a giudicare da quanto ridono tutte e due. Il loro gioco prediletto consiste nell'insegnarmi parole nuove. Non mi svelano mai il significato, però si impegnano perché le pronunci alla perfezione. Fra tutti i meravigliosi nomi che mi insegnano, il mio preferito resta "cunnilingus". Mi immagino un eroe della Roma antica, Cunnilingus. Devo ripeterlo più volte. Cun-ni-lin-guo, Cunnilingus, Cunnilingus. Che nome fantastico!

Anna e Luna non arrivano mai a mani vuote. Portano sempre un mazzo di fiori rubato al cimitero o la redingote di un cliente morto durante un coito. Per il mio compleanno mi hanno regalato un criceto. L'ho chiamato Cunnilingus. Sembravano davvero commosse che lo avessi battezzato così. "Cunnilingus, amore mio!" canticchia sempre Luna tamburellando sulle sbarre della gabbia con la punta delle unghie tinte.

Anna è un'alta rosa appassita con lo sguardo arcobaleno. La sua pupilla sinistra è un quarzo, glielo ha messo Madeleine per sostituire l'occhio che le aveva tolto un cattivo pagatore, e cambia colore secondo il tempo. Anna parla velocissima, come se avesse paura del silenzio. Quando le chiedo della piccola cantante, mi risponde: "Mai sentita!". Pronuncia questa frase con una parlantina ancora più veloce del solito. Sento che muore dalla voglia di svelarmi qualche segreto. Ne approfitto per farle domande generali sull'amore, sottovoce perché non vorrei che Madeleine si intromettesse.

"Vedi, lavoro con l'amore da molto tempo. Non sempre ne ricevo in cambio, ma poterne semplicemente dare, a volte mi rende felice. Non sono una brava professionista. Basta che un cliente diventi regolare e io mi innamoro, e smetto di accettare denaro. Per un periodo vengono tutti i giorni, spesso con dei regali. Ma alla fine si stancano. So che non dovrei entusiasmarmi, ma non posso farne a meno. C'è sempre un momento ridicolo e piacevole in cui credo all'impossibile."

"All'impossibile?"

"Non è facile fare il mio mestiere per chi ha il cuore tenero, mi capisci?"

"Credo di capirti."

E poi c'è Luna, bionda splendente, preistorica versione di Dalida, con i suoi gesti lenti e il sorriso infranto, che si muove come un funambolo sui tacchi affilatissimi. Il giorno più freddo del mondo le si era parzialmente ghiacciata la gamba destra. Madeleine gliel'ha sostituita con una protesi di mogano ornata da un reggicalze pirografato. Mi fa pensare alla piccola cantante, stesso accento da usignolo, stessa spontaneità.

"Per caso conosci una piccola cantante che parla proprio come te e sbatte dappertutto?" lascio cadere ogni tanto.

Fa finta di non sentire e cambia discorso. Probabilmente devono aver promesso a Madeleine di non svelarmi niente sulla ragazza.

Un bel giorno, stanca di ignorare le mie incessanti domande, Luna mi risponde:

"Non so niente della piccola andalusa...".
"Cosa significa *andalusa*?"
"Io non ho detto niente, niente! Perché non chiedi ad Anna?"
"Anna non sa niente..."
Tento la mossa del ragazzo triste, a capo chino e con gli occhi socchiusi.
"A quanto vedo, hai già imparato qualche rudimento della seduzione," incalza Anna. "Tu no lo dirà a ninguno?"
"Ovviamente no!"
Comincia a bisbigliare, le sue parole sono a malapena udibili:
"La tua piccola cantante è di Granada, *Andalusia*, un posto lontanissimo da qui. È da molto tempo che non la sento più cantare in città. Forse è tornata laggiù, dai nonni...".
"A meno che non sia semplicemente a scuola," aggiunge Anna con la sua voce da 33 giri suonato alla velocità di un 45 giri.
"Grazie!"
"Sst... *¡Cállate!*" esclama Luna, che inizia a parlare nella lingua materna solo quando si innervosisce.
Ho il sangue in subbuglio, sono euforico. Un'ondata di gioia pura. Il mio sogno lievita come un dolce in forno, credo di essere pronto per passare alla realtà. Domani prendo la rincorsa dalla cima della collina, tiro fuori la vela maestra e faccio rotta sulla scuola!
Per prima cosa, però, devo convincere Madeleine.
"A scuola? Ma ti annoierai a morte! Dovrai leggere libri che non ti piaceranno, mentre qui scegli quelli che vuoi... Dovrai restare seduto immobile per ore e ore, senza poter parlare né fare rumore. Dovrai aspettare la ricreazione anche per sognare. Ti conosco, odierai tutte queste cose."
"Forse sì, ma sono curioso di sapere cosa si impara a scuola."
"Studiare?"

"Sì, proprio così. Voglio studiare. Qui da solo non posso."

Un bell'incontro di malafede da una parte e dall'altra. In bilico fra la voglia di ridere e di arrabbiarsi.

"Faresti meglio a ripassare le parole che sono scritte sulla lavagna, mi sa che le hai dimenticate un po' troppo in fretta. Temo ciò che ti potrebbe succedere laggiù."

"Tutti vanno a scuola. Quando lavori, mi sento solo in cima alla collina, mi piacerebbe incontrare anche bambini della mia età. Ho bisogno di scoprire il mondo ora, mi capisci?"

"Scoprire il mondo a scuola..." (Lungo sospiro.) "Va bene. Se vuoi andare a scuola, non te lo impedirò," dice alla fine Madeleine, con la morte nel cuore.

Faccio del mio meglio per contenere l'allegria. Non sarebbe elegante che mi mettessi a ballare con le braccia in aria.

Finalmente il giorno tanto atteso arriva. Indosso un vestito nero che mi fa sembrare un adulto nonostante i miei undici anni. Madeleine mi ha consigliato di non togliermi mai la giacca, nemmeno in classe, perché nessuno scopra l'orologio.

Prima di uscire, mi sono preoccupato di infilare in cartella qualche paia di occhiali presi in laboratorio. Occupano più posto dei quaderni. Ho sistemato Cunnilingus nella tasca sinistra della camicia, proprio sopra l'orologio. Ogni tanto tira fuori la testa con un'espressione da criceto soddisfatto.

"Sta' attento che non morda nessuno!" scherzano Anna e Luna mentre scendiamo la collina.

Arthur zoppica un po' distante da noi, cigolando silenziosamente.

La scuola si trova nel borghesissimo quartiere di Calton Hill, esattamente di fronte alla cattedrale di Saint Giles. All'entrata c'è il festival delle pellicce. Sembra che tutte le donne si siano travestite da gallinone di plastica: schiamazzano a gran voce. Fanno smorfie alle risate di Anna e Luna. Rivolgono sguardi altezzosi alla camminata zoppicante di Arthur e alla bozza che mi gonfia il polmone sinistro. I mariti, incravattati dalla testa ai piedi, assomigliano a tante grucce che si siano messe a camminare. Nonostante facciano finta di essere scioccati dalla nostra piccola tribù sgangherata, non disdegnano di lanciare una sbirciatina nel décolleté delle due ragazze.

Dopo un rapido saluto alla mia famiglia di fortuna, varco l'immenso portone – sembra che mi abbiano iscritto a una scuola per giganti. Il cortile pare impossibile da attraversare mentre il portico, usato come campo da calcio, è tutto sommato accogliente.

Avanzo nel cortile. Scruto i volti. Gli studenti mi sembrano versioni in miniatura dei loro genitori. In mezzo ai mormorii, il mio orologio si sente un po' troppo distintamente. Mi guardano tutti come se avessi una malattia contagiosa. All'improvviso una brunetta mi si pianta davanti e comincia a fare "tic tac, tic tac", ridendo. Il cortile ripete in coro. Mi fa lo stesso effetto di quando le famiglie vengono in cima alla collina per scegliere i bambini, ma qui è peggio. Indugio su ogni volto femminile, ma della piccola cantante nemmeno l'ombra. E se Luna si fosse sbagliata?

Entriamo in classe. Madeleine aveva ragione, mi annoio come non mi era mai capitato. Maledetta scuola senza la piccola cantante... e io che sono iscritto per tutto l'anno scolastico! Come faccio a dire a Madeleine che ora non voglio più "studiare"?

A ricreazione comincio a indagare chiedendo se qualcuno conosce la piccola cantante "*andalusa*" che sbatte sempre dappertutto. Nessuno risponde.

"Non frequenta questa scuola?"

Nessuna risposta.

Le sarà successo qualcosa di grave? Avrà sbattuto un po' troppo forte?

Un tizio strano esce allora dal gruppo. È il più grande di tutti, e con la punta della testa per poco non supera il portico. Quando lo vedono, gli altri studenti abbassano immediatamente gli occhi. Il suo sguardo nero di pece mi gela. È magro come un albero morto, elegante come uno spaventapasseri vestito da un grande sarto, e ha una pettinatura che sembra fatta con penne di corvo.

"Tu sei quello nuovo! Cosa vuoi dalla piccola cantante?"

La sua voce fa pensare a quella di una lapide che si metta a parlare.

"Un giorno l'ho vista cantare e sbattere. Vorrei regalarle un paio di occhiali."

Mi trema la voce. Sembra che abbia centotrenta anni.

"Nessuno deve parlarmi di Miss Acacia né dei suoi occhiali! Nessuno, hai capito? Tanto meno un nanerottolo come te. Non nominare mai più il suo nome! Hai capito, nanerottolo?"

Non rispondo. Si alza un mormorio: "Joe...". Ogni secondo pesa come un macigno. All'improvviso tende l'orecchio verso di me e chiede:

"Come fai a fare questo bizzarro tic tac?".

Non rispondo.

Si avvicina piano piano, curva la lunga carcassa per posare l'orecchio sul mio cuore. L'orologio palpita. Il tempo sembra essersi fermato. La sua barba nascente mi buca sul petto come filo spinato. Cunnilingus tira fuori il muso e annusa la punta del cranio di Joe. Se fa la pipì, sarà un bel guaio!

All'improvviso Joe mi strappa il bottone della giacca e scopre le lancette che escono dalla camicia. La folla dei curiosi prorompe in un: "Oooh...". Se mi avessero calato i pantaloni, sarei meno imbarazzato. Joe ascolta il mio cuore a lungo, poi si alza lentamente.

"È il tuo cuore che fa tutto questo rumore?"

"Sì."

"Sei innamorato di lei, vero?"

La voce profonda e grave mi fa rabbrividire ogni singolo osso.

Il cervello vuole rispondere: "No, no...", ma come al solito il cuore ha un collegamento più diretto con le labbra:

"Sì, credo di essere innamorato di lei".

Gli studenti iniziano a mormorare: "Oooh...". Un bagliore malinconico illumina la rabbia in fondo agli occhi di Joe, rendendolo ancora più spaventoso. Con un semplice sguardo, ottiene il silenzio nel cortile. Anche il vento sembra obbedirgli.

"La piccola 'cantante', come la chiami tu, è l'amore della mia vita e... non è più qui. Non me ne parlare mai in futuro! Non voglio sentirti nemmeno pensare a lei, sennò l'orologio che ti serve da cuore te lo fracasso sulla testa. Te lo spaccherò, hai capito? Te lo spaccherò con tanta violenza che non sarai MAI più capace di amare!"

La rabbia gli fa tremare le lunghe dita anche quando stringe i pugni.

Solo qualche ora fa il mio cuore era una nave capace di squarciare un oceano di riprovazione. Sapevo che non era il più robusto del mondo, ma credevo al potere del mio entusiasmo. Bruciavo di una gioia tanto intensa all'idea di ritrovare la piccola cantante che niente avrebbe potuto fermarmi. In cinque minuti scarsi, Joe mi ha rimesso l'orologio all'ora della realtà, mutando il vibrante galeone in una vecchia carretta sgangherata.

"Te lo spaccherò con tanta violenza che non sarai MAI più capace di amare!" ripete.

"Cucù!" risponde la mia piccola imbarcazione.

Io, invece, sono senza fiato, come se avessi preso un pugno nello stomaco.

Mentre risalgo la collina, mi chiedo perché un affascinante cardellino con gli occhiali sia potuto cadere nelle grinfie di un avvoltoio come Joe. Mi rincuoro pensando che forse la mia piccola cantante veniva a scuola senza occhiali. Dove sarà adesso?

Una signora sulla quarantina interrompe le mie fantasticherie inquiete. Tiene Joe saldamente per mano – o forse è il contrario, vista la stazza dell'avvoltoio. Gli somiglia, è uguale a lui in versione flaccida e col culo da elefante.

"Sei tu quello che vive lassù dalla strega? Lo sai, vero, che fa uscire i bambini dalle pance delle puttane? Sarai uscito anche tu dalla pancia di una puttana. Lo sanno tutti che è sterile da parecchio tempo, la vecchia."

Quando gli adulti si mettono in mezzo, si raggiunge sempre una nuova soglia di oscenità.

Nonostante il mio silenzio ostinato, Joe e sua madre continuano a insultarmi per buona parte del tragitto. Arrivo con difficoltà in cima alla collina. Maledetto orologio pieno di sogni! Come ti getterei volentieri nel cratere dell'Arthur's Seat!

Quella notte Madeleine prova a cantare per farmi addormentare, ma senza risultato. Quando mi decido a parlarle di Joe, mi spiega che probabilmente lui mi ha trattato così per mettersi in mostra agli occhi degli altri, non è detto che sia cattivo. Forse è anche molto innamorato della piccola cantante. La sofferenza amorosa può trasformare le persone in mostri di tristezza. La sua indulgenza per Joe mi infastidisce. Madeleine mi bacia il quadrante e rallenta il ritmo cardiaco appoggiando l'indice sugli ingranaggi. Alla fine chiudo gli occhi senza sorridere.

4

Passa un anno, ho sempre Joe alle costole come se fosse calamitato dalle mie lancette, e mi assesta pugni sull'orologio davanti a tutti. A volte avrei voglia di strappargli quella criniera color corvo, ma subisco le umiliazioni senza batter ciglio, sempre più spossato. Le mie indagini sulla piccola cantante non danno frutti. Nessuno osa rispondere alle mie domande. A scuola, Joe detta legge.

Oggi, a ricreazione, tiro fuori l'uovo di Arthur dalle maniche del maglione. Cerco di ritrovare Miss Acacia pensando a lei con tutte le forze. Dimentico Joe, dimentico perfino di essere in questa scuola maledetta. Man mano che accarezzo l'uovo, sotto lo schermo delle palpebre scorre un bel sogno. Il guscio dell'uovo si incrina e appare la piccola cantante, con il corpo ricoperto di piume rosse. La tengo fra pollice e indice, ho paura di schiacciarla e al tempo stesso che voli via. Fra le mie dita scoppia un dolce incendio, i suoi occhi si aprono quando all'improvviso la mia testa fa "crac!".

Il tuorlo dell'uovo mi cola sulle guance, come se il sogno se ne andasse in lacrime. Joe domina la scena, con i pezzetti di guscio in mano. Ridono tutti, alcuni addirittura applaudono.

"La prossima volta sulla testa ti spaccherò il cuore!"

In classe si divertono per i frammenti di guscio che ho conficcati nei capelli. Comincio a nutrire pulsioni di vendetta. Le fate dei sogni si dissipano. Passo quasi tanto tempo a odiare Joe quanto ne trascorro ad amare Miss Acacia.

Le umiliazioni di Joe continuano giorno dopo giorno. Sono diventato il trastullo su cui sfoga i nervi, e anche la malinconia. Annaffio regolarmente i fiori del ricordo della piccola cantante, ma cominciano ad aver bisogno del sole.

Madeleine cerca di consolarmi in ogni modo, ma non vuole mai sentir parlare di storie d'amore. Arthur non ha quasi più ricordi nello zaino e canta sempre meno.

Come ogni anno, la sera del mio compleanno, Anna e Luna mi fanno la stessa sorpresa: si divertono a profumare Cunnilingus, ma stavolta Luna esagera un po'. Il criceto si irrigidisce in uno spasmo e stramazza al suolo, morto stecchito. La vista del mio fedele compagno steso in gabbia mi riempie di tristezza. Un lungo "cucù" mi fuoriesce dal petto.

Per consolarmi, Luna mi offre una lezione di geografia sull'Andalusia. Ah, l'*Andalusia*... Se solo fossi certo che Miss Acacia si trova là, partirei immediatamente!

Sono passati quattro anni dall'incontro con la piccola cantante e quasi tre dall'inizio della mia carriera scolastica. Nondimeno la cerco dappertutto senza trovarla. I ricordi si cancellano a poco a poco sotto il peso del tempo.

La sera prima dell'ultimo giorno di scuola, vado a letto con un retrogusto amaro. Questa notte non prenderò sonno. Penso troppo intensamente a ciò che intendo fare l'indomani per poter a malapena sonnecchiare. Perché stavolta è deciso: partirò alla conquista del West amoroso. Devo soltanto sapere dove si trova ora la piccola cantante. L'unica persona in grado di rispondere a questa domanda è Joe. Guardo l'alba delineare le ombre al suono del mio tic tac.

È il 27 giugno, nel cortile della scuola il cielo è azzurro, così azzurro che non sembra nemmeno di essere a Edimburgo. Questa nuova notte in bianco mi ha corroborato i nervi.

Vado dritto da Joe, con aria molto determinata. Non faccio in tempo a rivolgergli la parola che quello mi afferra per il colletto della camicia e mi solleva. Il mio cuore cigola, la rabbia deborda, il cucù sibila. Joe arringa la folla degli studenti che ci circonda.

"Togliti la camicia e mostraci cosa hai in pancia. Vogliamo proprio vedere quel coso che fa tic tac."

"Sì!!!" risponde la folla. Mi strappa la camicia con un braccio e mi conficca le unghie nel quadrante.

"Come si fa ad aprirlo?"

"Ci vuole una chiave."

"Dammi la chiave!"

"Non ce l'ho, è a casa, e ora mollami!"

Forza la serratura con l'unghia del mignolo, ci si accanisce e alla fine il quadrante cede.

"Vedi che non serve una chiave! Chi vuol venire a toccare qui dentro?"

Studenti che non mi hanno mai rivolto la parola si susseguono, gli uni dopo gli altri, per strattonare le lancette o mettere in moto gli ingranaggi senza guardarmi. Mi fanno male! Il cucù singhiozza senza sosta. Tutti applaudono, ridono. L'intero cortile ripete in coro: "Cucù-cucù-cucù-cucù!".

In quel preciso momento, qualcosa nel mio cervello vacilla. I sogni anestetizzati da anni, la rabbia repressa, le umiliazioni, tutto esplode come un fiume in piena. La diga sta per cedere. Non posso più trattenermi.

"Dov'è Miss Acacia?"

"Non ho sentito bene quello che hai detto," dice Joe torcendomi il braccio.

"Dov'è? Dimmi dov'è. Può essere qui o in Andalusia, ma io la ritroverò! Hai capito?"

Joe mi inchioda a terra e mi immobilizza bocconi. Il cucù si sgola, mi sembra che l'esofago prenda fuoco, qualcosa in me si sta trasformando. Ogni tre secondi spasmi violenti mi scuotono il corpo. Joe si volta trionfante.

"E così te ne vai in Andalusia?" dice Joe digrignando i denti.

"Sì, parto! Parto oggi stesso."

Ho gli occhi spalancati, la voce spalancata, i movimenti spalancati. Divento una cesoia vivente, capace di tagliare chiunque e qualsiasi cosa.

Joe avvicina il naso al mio orologio, fa il verso del cane che annusa una merda. In cortile scoppiano tutti a ridere. Questo è troppo! Lo afferro per la nuca e gli scaravento il viso contro le lancette. Il suo cranio suona violentemente contro il legno del mio cuore. Gli applausi si interrompono di botto. Gli assesto un secondo colpo, più forte, poi un terzo. All'improvviso il tempo sembra fermarsi. Mi piacerebbe avere la fotografia di questo istante esatto. Le prima urla della folla infrangono il silenzio, mentre i primi schizzi di sangue inzaccherano i vestiti ben stirati dei leccapiedi della fila davanti. Quando la lancetta delle ore trafigge la pupilla dell'occhio destro di Joe, l'orbita diventa una fontana di sangue. Tutto il suo spavento si concentra nell'occhio sinistro che contempla il fiotto del suo stesso sangue. Allento la presa, Joe grida come un barboncino a cui abbiano appena pestato una zampa. Il sangue gli scorre fra le dita. Non provo la minima compassione. Cala il silenzio, sempre più lungo.

L'orologio brucia, riesco a malapena a toccarlo. Joe non si muove. Forse è morto. Vorrei che smettesse di pulirsi i piedi sui miei sogni, ma non al punto da desiderare la sua morte. Comincio ad avere paura. Nel cielo vibrano collane di gocce di sangue. Gli studenti intorno sono pietrificati. Forse ho ucciso Joe. Non avrei mai pensato di temere che morisse.

Taglio la corda, attraverso il cortile con la sensazione di

avere tutti addosso. Mi arrampico sul pilastro sinistro del portico per salire sul tetto della scuola. La consapevolezza del mio atto mi gela il sangue. Il mio cuore risuona come quando è stato trafitto dal colpo di fulmine per la piccola cantante. Sul tetto intravedo la cima della collina che squarcia la nebbia. *O Madeleine, sarai furibonda...*

Uno stormo di uccelli migratori sosta sopra di me, sembrano posati su uno scaffale di nuvole. Vorrei aggrapparmi alle loro ali e strapparmi da terra; una volta volate via le noie meccaniche del mio cuore, tutto si cancellerebbe! Uccelli, adagiatemi fra le braccia dell'Andalusa, ritroverò la mia strada!

Ma gli uccelli sono troppo in alto per me, come il cioccolato sulle mensole, come i flaconi di alcol e lacrime in cantina e come il sogno della piccola cantante ostacolato dalla presenza di Joe. Se l'ho ucciso, tutto si complica. L'orologio mi fa sempre più male. Madeleine, avrai molto lavoro.

Devo provare a tornare indietro nel tempo. Afferro la lancetta delle ore ancora tiepida di sangue e con un colpo secco la giro in senso antiorario.

Gli ingranaggi cigolano, il dolore è insopportabile. Non accade niente. Sento delle urla che provengono dal cortile. Joe si tiene l'occhio destro. Udire le sue urla da barboncino ferito quasi mi tranquillizza.

Un professore si intromette, sento che i bambini mi accusano, gli occhi scrutano il cortile come tanti radar. Colto dal panico, precipito giù dal tetto e salto sul primo albero disponibile. Mi graffio le braccia sui rami e mi schianto al suolo. L'adrenalina mi mette le ali ai piedi, mentre le gambe non hanno mai avuto tanta fretta di riportarmi in cima alla collina.

"È andata bene oggi a scuola?" chiede Madeleine sistemando la spesa nel mobile della cucina.

"Così così," rispondo tutto tremante.

Alza gli occhi verso di me, si accorge che la lancetta delle ore è storta, mi fissa con sguardo di rimprovero:

"Hai rivisto la piccola cantante, vero? L'ultima volta che sei tornato con il cuore ridotto in questo stato, l'avevi sentita cantare".

Madeleine mi parla come se fossi rientrato con le scarpe buone distrutte per averci giocato a calcio.

Mentre prova a raddrizzare la lancetta aiutandosi con una pinza, inizio a raccontarle della lite. Solo a evocarla, il cuore mi ricomincia a palpitare.

"Hai fatto una sciocchezza!"

"Posso tornare indietro nel tempo invertendo il senso delle lancette?"

"No, sforzeresti gli ingranaggi e sarebbe estremamente doloroso. E poi non servirebbe a nulla. Non possiamo mai tornare sulle azioni passate, nemmeno con un orologio nel cuore."

Mi sarei aspettato una tremenda sgridata per aver cavato l'occhio a Joe. E benché cerchi di sembrare contrariata, Madeleine non ci riesce del tutto. Le vacilla la voce più per la preoccupazione che per la rabbia. Come se a suo avviso fosse meno grave togliere un occhio a un cafone che innamorarsi.

"*Oh When the Saints...*" riecheggia all'improvviso. Arthur non ha l'abitudine di venirci a trovare così tardi.

"Una carrozza piena di poliziotti sta salendo la collina, e sembrano molto determinati," dice senza fiato.

"Devo andarmene, mi vengono a prendere per l'occhio di Joe."

Un cumulo di emozioni disparate mi si pianta in gola, la rosea prospettiva di ritrovare la piccola cantante si confonde con la paura di dover ascoltare il mio cuore risuonare contro le sbarre di una cella. Tutto, però, è annegato in un'ondata di malinconia. Mai più Arthur, Anna, Luna e soprattutto, mai più Madeleine.

Nella vita incrocerò qualche sguardo triste, ma quello che Madeleine mi rivolge in questo momento – insieme a un altro – è ineguagliabile.

"Arthur, va' a prendere Anna e Luna e vedi di trovare una carrozza. Jack deve lasciare la città prima possibile. Io resto qui ad aspettare la polizia..."

Arthur si precipita nella notte, zoppicando più veloce che può per arrivare rapidamente a valle.

"Ti preparo qualcosa, fra meno di dieci minuti dovrai essere già partito."

"Che cosa racconterai?"

"Che non sei tornato. E per qualche giorno dirò che sei sparito. Dopo un po' di tempo diremo che sei morto e Arthur mi aiuterà a scavare la tomba ai piedi del tuo albero preferito, vicino a Cunnilingus."

"Chi metterete nella bara?"

"Nessuna bara, soltanto un epitaffio inciso sull'albero. La polizia non andrà a controllare. È il vantaggio di essere considerata una strega, non frugheranno nelle mie tombe."

Madeleine mi prepara un fagotto pieno di flaconi delle sue lacrime e qualche vestito. Non so cosa fare per aiutarla. Potrei dire parole importanti oppure piegare la biancheria, e invece resto piantato lì come un chiodo nel pavimento.

Lei mi nasconde la copia delle chiavi del mio cuore nella redingote perché possa caricarmi in qualunque circostanza. Poi sparpaglia nello zaino qualche crêpe arrotolata in carta scura e infila alcuni libri nelle tasche dei pantaloni.

"Non riuscirò a portarmi dietro tutta questa roba!"

Cerco di fare l'adulto, anche se queste attenzioni mi commuovono profondamente. In risposta mi spetta uno dei suoi famosi sorrisi pieni di falsi contatti. In ogni situazione, dalla più divertente alla più tragica, lei deve sempre preparare qualcosa da mangiare.

Mi siedo sullo zaino per chiuderlo come si deve.

"Appena ti stabilisci in un posto fisso, non dimenticare di trovarti un orologiaio."

"Un dottore, vorrai dire!"

"No, no, per carità! Per i tuoi problemi, non rivolgerti mai a un dottore. Non capirebbe niente. Per regolare il tuo cuore, devi trovare un orologiaio."

Avrei voglia di esprimerle il mio amore e la mia riconoscenza; molte parole si affastellano sulla lingua, ma non intendono varcare la soglia delle labbra. Mi restano le braccia, allora provo a far passare questo messaggio stringendola a me con tutte le forze.

"Attento! Se ci stringiamo troppo, ti farai male all'orologio!" dice con voce dolce e rotta insieme. "Adesso devi andare, non voglio che ti trovino qui."

La stretta si allenta e Madeleine apre la porta. Sono ancora in casa e ho già freddo.

Mando giù un intero flacone di lacrime mentre mi precipito lungo la strada che conosco tanto bene. Così alleggerisco lo zaino ma non il cuore. Divoro le crêpe per assorbire le lacrime, e la pancia mi si dilata al punto che sembra una donna incinta.

Sull'altro versante del vulcano vedo passare i poliziotti, insieme a Joe e sua madre. Tremo impaurito ed euforico al tempo stesso.

Una carrozza ci aspetta ai piedi dell'Arthur's Seat. Si stacca nella luce dei lampioni come un brandello di notte. Anna,

Luna e Arthur si sistemano in tutta fretta all'interno. Il cocchiere, baffuto fino alle sopracciglia, incita i cavalli con la sua voce di calcinacci.

Con la guancia incollata al finestrino, vedo Edimburgo dileguarsi nella nebbia.

I Lochs si estendono da una collina all'altra e misurano in modo sempre più palpabile la lontananza verso cui mi spingo. Arthur russa come una locomotiva a vapore, Anna e Luna dondolano la testa. Sembrano due sorelle siamesi. Il tic tac del mio orologio risuona nel silenzio della notte. Mi rendo conto che tutto questo piccolo mondo ripartirà senza di me.

All'alba mi sveglia la melodia deformata di *Oh When the Saints...* Non l'avevo mai sentita cantata così lentamente. La carrozza è ferma.

"Ci siamo!" dice Anna.

Luna mi posa sulle ginocchia una vecchia gabbia.

"È un piccione viaggiatore, me lo ha regalato un cliente romantico qualche anno fa. È addestrato molto bene. Facci avere tue notizie. Arrotola le lettere attorno alla sua zampa sinistra e lui ci consegnerà la corrispondenza. Potremo comunicare, ti ritroverà ovunque, anche in Andalusia, il paese in cui le donne guardano dritto negli occhi! Buona fortuna, *pequeñito*," aggiunge stringendomi forte.

5

Jack,

questa lettera è molto pesante, tanto pesante che mi chiedo se il piccione riuscirà a volare portando notizie simili.

La mattina in cui Luna, Anna e io siamo tornati in cima alla collina, la porta di casa era socchiusa ma non c'era più nessuno. Il laboratorio era devastato, sembrava fosse appena passato un uragano. Tutte le scatole di Madeleine erano aperte e perfino il gatto era scomparso.

Siamo andati in cerca di Madeleine. Alla fine l'abbiamo trovata nel carcere di Saint Calford. Nel breve tempo che ci hanno concesso per vederla, ci ha spiegato che la polizia l'aveva arrestata pochi minuti dopo la nostra partenza; ha anche aggiunto che non dovevamo preoccuparci, non era la prima volta che la mettevano dentro, e tutto si sarebbe aggiustato.

Vorrei poterti scrivere che l'hanno rilasciata, vorrei raccontarti che con una mano fa da mangiare e con l'altra ripara qualcuno e che, nonostante senta la tua mancanza, sta bene. Ma ieri sera Madeleine è partita. È partita per un viaggio che ha deciso lei ma da cui non potrà mai tornare. Ha lasciato il corpo in prigione e liberato il cuore. Anche nella tristezza più profonda, non dimenticare mai che le hai dato la gioia di essere una vera madre. Era il più grande sogno della sua vita.

Adesso aspettiamo che il piccione ci porti tue notizie. Speriamo che quel dannato volatile arrivi presto. L'idea che tu creda Madeleine ancora viva ci è insopportabile. Cercherò di non rileggere troppo questa lettera, altrimenti temo di non trovare più il coraggio di inviartela.

Anna, Luna e io ti auguriamo di avere tutto il coraggio necessario per superare questa nuova prova.

Con tutto il nostro amore.

Arthur

PS: *E non dimenticare mai*, Oh When the Saints*!*

Quando ho una crisi di panico, la meccanica del cuore deraglia al punto che mi sembra di essere una locomotiva a vapore a cui si stacchino le ruote in curva. Viaggio sui binari della mia paura. Di cosa ho paura? Di te, o meglio, di me senza di te. Il vapore, panico meccanico del mio cuore, filtra sotto le rotaie. Madeleine, come mi tenevi al caldo. Il nostro ultimo abbraccio è ancora tiepido, eppure ho già tanto freddo come se non ti avessi mai incontrata il giorno più freddo del mondo.

Il treno sbuffa facendo un fracasso lancinante. Vorrei tornare indietro nel tempo per deporre quel vecchio rottame del mio cuore fra le tue braccia. I ritmi sincopati del convoglio mi provocano certi subbugli che prima o poi imparerò a sfuggire, ma ora sembra che mi scoppino dei pop-corn nel cuore. Madeleine, non ho ancora lasciato le ombre londinesi e ho già bevuto tutte le tue lacrime! Ti prometto che durante la prossima sosta andrò da un orologiaio. Vedrai, tornerò in buono stato, o meglio, guasto quel tanto perché tu possa esercitare su di me il tuo talento di riparatrice.

Più il tempo passa e più questo treno mi spaventa, il suo cuore sibila e crepita talmente che pare sgangherato quanto il mio. Forse anche lui è innamorato pazzo della locomotiva che lo traina. Oppure, come me, soffre di malinconia per ciò che si lascia alle spalle.

Mi sento solo in questo vagone. Le lacrime di Madeleine hanno generato un mulinello nel cranio. Devo vomitare o parlare con qualcuno. Intravedo un tizio alto appoggiato al finestrino e intento a scrivere qualcosa. Da lontano la sua fisionomia ricorda quella di Arthur, ma più mi avvicino e più questa impressione svanisce. A parte le ombre che proietta, intorno a lui non c'è nessuno. Ebbro di solitudine, mi lancio ugualmente:

"Che cosa scrive, signore?".

L'uomo sussulta e si nasconde il viso sotto il braccio sinistro.

"L'ho spaventata?"

"Mi hai sorpreso, è diverso."

Continua a scrivere, preso come se dipingesse un quadro. Dentro il mio cranio, il mulinello accelera il ritmo.

"Cosa vuoi, piccolo?"

"Voglio andare in Andalusia a sedurre una donna, ma non so niente dell'amore. Le donne che ho conosciuto non mi hanno mai voluto insegnare nulla e mi sento solo su questo treno... Lei forse potrebbe aiutarmi."

"Caschi parecchio male, ragazzo mio! Non sono molto bravo in amore... perlomeno, non con i vivi. Eh no, con i vivi non ha mai davvero funzionato."

Comincio a rabbrividire. Leggo da sopra la sua spalla, e la cosa sembra infastidirlo.

"Questo inchiostro rosso..."

"È sangue! Ora vattene, piccolo, vattene!"

Ricopia la stessa frase, metodicamente, su svariati pezzi di carta: "*Il Suo umile servitore, Jack lo Squartatore*".

"Abbiamo lo stesso nome, crede che sia buon segno?"

Fa spallucce, offeso perché io non sono un granché impressionato. Lo sbuffo della locomotiva si sgola in lontananza, la nebbia attraversa i finestrini. Tremo.

"Vattene, piccolo!"

Colpisce violentemente per terra con il tallone sinistro, come se volesse spaventare un gatto. Non sono un gatto, ma mi fa un certo effetto. Il rumore dello stivale gareggia con quello del treno. L'uomo si volta verso di me, ha i lineamenti del viso affilati come lame.

"Ora vattene!"

Il furore dello sguardo mi ricorda Joe e manovra il tremito delle mie gambe. Mi si avvicina recitando:

"Forza, brume! Fate sbattere i vostri treni stregati, posso crearvi fantasmi di donne sublimi, bionde o brune da tagliare nelle brume...".

La sua voce si trasforma in un rantolo.

"Posso anche squartarle senza nemmeno spaventarle... e firmare '*il Suo umile servitore, Jack lo Squartatore!*' Non avere paùra, ragazzo mio, imparerai molto presto a spaventare per esistere! Non avere paura, ragazzo mio, imparerai molto presto a spaventare per esistere."

Il cuore e il corpo si imbizzarriscono, e questa volta non è per amore. Mi precipito lungo i corridoi. Nessuno. Lo Squartatore mi insegue, rompendo i vetri di ogni finestrino con un coltellaccio. Uno stormo di uccelli neri si riversa nel vagone e circonda il mio inseguitore che pur camminando è più veloce di me che corro. Nuovo vagone. Nessuno. Il frastuono dei suoi passi aumenta, gli uccelli si moltiplicano, gli escono dalla giacca, dagli occhi, si scagliano su di me. Salto sopra i sedili per frapporre distanza tra di noi. Mi volto, gli occhi di Jack illuminano tutto il treno, gli uccelli mi raggiungono, l'ombra di Jack lo Squartatore, la porta della locomotiva è il mio obiettivo. Jack mi squarterà! Oh Madeleine! Non sento nemmeno più suonare l'orologio, che mi solletica appena in pancia. Mi ghermisce la spalla con la mano sinistra. Mi fa fuori, mi fa fuori, e non avrò avuto nemmeno il tempo di innamorarmi!

Il treno sembra rallentare, entra in una stazione.

"Non avere paura, ragazzo mio, imparerai molto presto a spaventare per esistere!" ripete un'ultima volta Jack lo Squartatore riponendo l'arma.

Tremo terrorizzato. Lui scende il predellino e svanisce fra la folla dei passeggeri che aspettano al binario.

Seduto su una panchina di Victoria Station, recupero il sangue freddo. A poco a poco il tic tac del cuore rallenta, il legno dell'orologio è ancora rovente. Mi dico che innamorarsi non deve essere più spaventoso di ritrovarsi da solo su un treno quasi fantasma con Jack lo Squartatore. Ero davvero convinto che mi avrebbe ucciso. Come potrebbe un fringuello di ragazza sconvolgere il mio orologio peggio di uno squartatore? Con la malizia conturbante degli occhi? Con l'esercito delle sue ciglia interminabili? Con la temibile curva del seno? Impossibile. Non può essere pericoloso quanto ciò che ho appena vissuto.

Un passerotto si posa sulla lancetta dei minuti, sobbalzo. Questo sciocco mi ha spaventato! Le sue piume accarezzano delicatamente il quadrante. Aspetterò che si alzi in volo, poi mi affretterò a lasciare la Gran Bretagna.

La nave con cui attraverso la Manica offre meno emozioni del treno per Londra. A parte qualche vecchia signora con l'aria di un fiore appassito, nessuno di veramente spaventoso. Eppure le nebbie della malinconia che mi assalgono stentano a dissiparsi. Regolo il cuore con la chiave e così facendo ho l'impressione di regolare il tempo passato. Perlomeno quello dei ricordi. È la prima volta in vita mia che presto tanta attenzione ai ricordi. Sono partito da casa soltanto ieri e mi sembra un tempo infinito.

A Parigi pranzo in riva alla Senna, in un ristorante che profuma di zuppa di verdure, quella che ho sempre odiato mangiare ma adorato annusare. Delle cameriere grassottelle mi sorridono come si fa ai bebè. Alcuni deliziosi vecchietti chiacchierano sottovoce. Si sentono rumori di coperchi e di forchette. Questa atmosfera accogliente mi ricorda la vecchia casa della dottoressa Madeleine. Mi chiedo cosa farà in cima alla collina. Decido di scriverle.

Cara Madeleine,

va tutto bene, adesso sono a Parigi. Spero che Joe e la polizia ti lascino in pace. Nell'attesa del mio ritorno, non dimenticare di portare i fiori sulla mia tomba!
Mi manchi, e anche la casa.
Mi prendo molta cura dell'orologio. Come mi hai chiesto, proverò a trovare un orologiaio per riprendermi da tutte queste emozioni. Abbraccia Arthur, Luna e Anna da parte mia.

"Little Jack"

Scrivo poco apposta, così il piccione potrà volare leggero. Vorrei ricevere notizie rapidamente. Arrotolo il mio messaggio attorno alla zampa dell'uccello e lo lancio nel cielo parigino. Comincia a volare di traverso. Probabilmente Luna ha voluto fargli un taglio di piume originale per il periodo degli amori. Lo ha rasato anche ai lati del cranio e ora sembra uno scopino del gabinetto con le ali. Mi chiedo se non avrei dovuto usare la posta tradizionale.

Prima di spingermi più lontano, devo trovare un buon orologiaio. Dopo la partenza, il cuore mi cigola più forte che mai. Vorrei che venisse regolato correttamente per trovare la piccola cantante. A Madeleine glielo devo proprio. Suono alla porta di un gioielliere in boulevard Saint-Germain. Un vecchio tutto in ghingheri si avvicina e mi chiede il motivo della visita.

"Aggiustare il mio orologio..."

"Ce l'ha addosso?"

"Sì!"

Mi sbottono la giacca, poi la camicia.

"Non sono un dottore," mi risponde in tono rude.

"Potrebbe dargli solo un'occhiata per verificare che gli ingranaggi siano al loro posto?"

"Non sono un dottore, ti dico, non sono un dottore!"

Nonostante il suo tono piuttosto sdegnoso, cerco di mantenere la calma. Mi guarda l'orologio come se gli facessi vedere una cosa sporca.

"Lo so che lei non è un dottore! È un orologio classico, bisogna solo regolarlo di tanto in tanto perché funzioni bene..."

"Gli orologi sono strumenti destinati a misurare il tempo, e basta. Levati dai piedi con il tuo diabolico armamentario. Vattene o chiamo la polizia!"

Stava ricominciando tutto. Come quando ero a scuola e con le coppiette. Anche se conosco già questa sensazione di ingiustizia, non riuscirò mai a farci l'abitudine. Anzi, più cresco e più mi risulta doloroso. È solo un maledetto orologio di legno, nient'altro che qualche ingranaggio che permette al mio cuore di battere!

All'entrata del negozio, troneggia una vecchia pendola di

metallo con mille pretenziosi ammennicoli d'oreficeria. Somiglia al proprietario, come certi cani somigliano al padrone. Un momento prima di varcare la porta, gli assesto un bel calcio da giocatore professionista. La pendola oscilla, il bilanciere colpisce violentemente le pareti. Mentre me la do a gambe in boulevard Saint-Germain, dietro di me esplode un frastuono di vetri. È incredibile quanto quel rumore riesca a rilassarmi.

Il secondo orologiaio, un grosso tizio calvo sulla cinquantina, si mostra più comprensivo.

"Dovresti andare dal signor Méliès. È un illusionista ricco d'inventiva, sono sicuro che saprà risolvere il tuo problema meglio di me, piccolo."

"Ho bisogno di un orologiaio, non di un mago!"

"Certi orologiai sono un po' maghi, e quel mago è un po' orologiaio, come Robert Houdin,* da cui fra l'altro ha appena comprato un teatro!" dice con aria maliziosa. "Fagli visita a nome mio, sono convinto che ti riparerà benissimo!"

Non capisco perché questo simpatico signore non mi voglia curare, ma la sua comprensione per il mio problema mi conforta. E sono molto entusiasta all'idea di incontrare un mago, che oltretutto è un mago-orologiaio. Somiglierà a Madeleine, magari sarà addirittura un suo parente.

Attraverso la Senna, l'eleganza della grande cattedrale mi dà il torcicollo, non meno della varietà di sederi e chignon.

* Jean-Eugène Robert-Houdin (1805-1871): orologiaio, illusionista, inventore, fra le altre cose, del contachilometri nonché di apparecchiature oftalmiche. Houdin apre un teatro in cui fabbrica orologi ornati da uccelli canterini e altre prodezze meccaniche. L'influenza sul lavoro di Georges Méliès (primo regista cinematografico e padre degli effetti speciali) fu considerevole, e il famoso mago "Houdini" scelse questo patronimico in omaggio al suo precursore. [*N.d.A.*]

Questa città è una torta multistrato di selciati con un sacro cuore in cima. Finalmente arrivo in boulevard des Italiens, dove si trova il celebre teatro. Un giovane coi baffi e lo sguardo vivace mi apre la porta.

"Abita qui il mago?"

"Quale?" mi risponde come in un indovinello.

"Un certo Georges Méliès."

"Sono proprio io!"

Si muove come un automa, a scatti e con grazia al tempo stesso. Parla velocemente e sottolinea le parole con le mani, punti esclamativi viventi. Ma quando gli racconto la mia storia, ascolta con molta attenzione. Soprattutto la conclusione desta il suo interesse:

"Anche se questo orologio mi serve da cuore, il lavoro di manutenzione che le chiedo non va oltre le sue competenze di orologiaio".

L'orologiaio-prestidigitatore apre il quadrante, mi ausculta con un apparecchio che permette di vedere più facilmente gli elementi minuscoli e si intenerisce, come se l'infanzia gli sfilasse sotto le palpebre. Mette in moto il sistema attivando il cucù meccanico, poi esprime la sua ammirazione per il lavoro di Madeleine.

"Cos'hai combinato per storcere la lancetta delle ore?"

"Sono innamorato e non so niente dell'amore, allora mi arrabbio, litigo, e ogni tanto provo anche ad accelerare o rallentare il tempo. È parecchio malconcio?"

Scoppia in una risata da bambino coi baffi.

"No, funziona tutto a meraviglia. Che cosa vuoi sapere esattamente?"

"Vede, la dottoressa Madeleine, che mi ha installato l'orologio, dice che questo cuore di fortuna non è compatibile con l'innamoramento. È convinta che non resisterebbe a uno choc emozionale simile."

"Davvero? Be'..."

Aggrotta le sopracciglia e si accarezza il mento.

“Lei è libera di crederlo... ma tu non sei obbligato a pensarla allo stesso modo, o sbaglio?”

“Io non la penso allo stesso modo, è vero. Però quando ho visto la piccola cantante la prima volta ho avuto la sensazione che sotto il mio orologio si scatenasse il terremoto. Gli ingranaggi cigolavano, il tic tac accelerava. Ho cominciato a soffocare, ad andare nel pallone e si è scombinato tutto.”

“Ti è piaciuto?”

“Da morire...”

“Ah, e allora?”

“Allora ho avuto molta paura che Madeleine avesse ragione.”

Georges Méliès scuote la testa lisciandosi i baffi. Cerca le parole come un chirurgo sceglierebbe gli strumenti.

“Se hai paura di farti male, aumenti le probabilità di fartene sul serio. Guarda i funamboli: secondo te, quando camminano sulla corda tesa pensano che potrebbero cadere? No, accettano il rischio, e assaporano il gusto che procura scampare al pericolo. Se passi la vita cercando di non romperti niente, ti annoierai tantissimo, credimi... Non conosco nulla di più divertente dell'imprudenza! Guardati! Dico ‘imprudenza’ e ti si illuminano gli occhi! Ah! Ah! Quando a quattordici anni si decide di attraversare l'Europa per una ragazza, vuol dire che si propende seriamente per l'imprudenza, o sbaglio?”

“Sì, sì... Ma lei non avrebbe qualcosa per irrobustire un po' il mio cuore?”

“Ma certo... Ascoltami bene, sei pronto? Ascoltami con molta attenzione: l'unica cosa, come dici tu, che ti permetterà di sedurre la donna dei tuoi sogni è proprio il tuo cuore. Non quello a forma di orologio che ti hanno aggiunto alla nascita. Parlo di quello vero, quello che sta sotto, fatto di carne e sangue, quello che palpita. È con quello che devi lavorare. Dimentica i tuoi problemi di meccanica, così li renderai meno importanti. Sii imprudente e soprattutto dona, dona te stesso senza pensare!"

Méliès è molto espressivo, quando parla ogni tratto del volto entra in gioco. I suoi baffi sembrano annodati al sorriso, un po' come quelli dei gatti.

"Non funziona sempre, non ti garantisco niente, anch'io ho appena fatto un buco nell'acqua con quella che consideravo la donna della mia vita. Ma del resto nessun 'trucco' è infallibile."

Questo prestidigitatore, considerato geniale da alcuni, mi ha appena impartito una lezione di stregoneria amorosa per confessarmi alla fine del percorso che l'ultima pozione gli è esplosa in faccia. Devo però ammettere che sto bene sia quando mi manipola gli ingranaggi sia quando chiacchiera. È un uomo mite, capace di ascoltare. Si vede che si intende di esseri umani. Forse è riuscito a carpire il segreto delle rotelle psicologiche dell'uomo. In poche ore siamo diventati molto complici.

"Potrei scrivere un libro sulla tua storia, ora che la conosco come se fosse la mia," mi dice.

"La scriva. Se un giorno avrò dei figli, potranno leggerla. Ma se vuole conoscere il seguito, perché non viene con me in Andalusia?"

"Non vorrai un prestidigitatore depresso come compagno del tuo pellegrinaggio amoroso?"

"Sì, mi piacerebbe molto."

"Forse non sai che sono capace di mandare a rotoli anche i miracoli!"

"Credo proprio di no!"

"Lasciami la notte per riflettere, va bene?"

"D'accordo."

Quando i primi raggi di sole si intrufolano appena fra le imposte del laboratorio di Georges Méliès, sento urlare: *"Andalusia! Anda! Andalusia! Anda! AndaaaAAAH!"*.

Compare un pazzo in pigiama che sembra spuntato fuori da un'operetta.

"D'accordo, ometto. Mi ci vuole un viaggio, in senso proprio e figurato, non posso lasciarmi schiacciare eternamente dalla malinconia. Un'enorme ventata di aria fresca, ecco cosa tracanneremo tutti e due! Ammesso che tu mi voglia ancora come compagno."

"Certo! Quando partiamo?"

"Subito dopo colazione!" risponde mostrandomi il suo fagotto.

Ci sistemiamo intorno a un tavolo sbilenco e ingurgitiamo cioccolata troppo calda e tartine con la marmellata tutte flaccide. Non è buono come a casa di Madeleine, ma è divertente mangiare in mezzo a extraterrestri ritagliati nella carta.

"Sai, quando ero innamorato, non facevo altro che inventare delle cose. Un intero bazar di artifici, illusioni e trucchi per divertire la mia fidanzata. Credo che alla fine ne avesse fin sopra i capelli delle mie creazioni," dice con i baffi a mezz'asta. "Volevo inventare un viaggio sulla luna solo per lei, ma avrei fatto meglio a regalarle un vero viaggio sulla Terra. Chiederla in sposa, trovare una casa più confortevole del mio vecchio laboratorio, non so..." dice sospirando. "Una volta, ho ritagliato due assi dai suoi scaffali, le ho fissate ad alcune rotelle che avevo recuperato da un carrello d'ospedale perché volevo scivolare insieme a lei al chiaro di luna. Non ci è mai voluta salire. E per giunta ho dovuto ripararle gli scaffali. L'amore di ogni giorno non è facile, ragazzo," ripete, con aria sognante. "Ma io e te saliremo su questi monopattini! Ci gireremo mezza Europa!"

"Prenderemo anche qualche treno? Il tempo stringe un po'."

"Senti l'oppressione del tempo?"

"Anche."

Sembra proprio che il mio orologio ami i cuori infranti. Madeleine, Arthur, Anna, Luna, perfino Joe, e adesso Méliès. Ho l'impressione che i loro cuori avrebbero bisogno delle cure di un buon orologiaio ancora più del mio.

6

Rotta verso sud! Eccoci in viaggio sulle strade francesi, pellegrini in monopattino alla ricerca del sogno impossibile. Formiamo proprio un bel duo: un gigante dinoccolato con i baffi da gatto e un nanerottolo con i capelli rossi e il cuore di legno. Un Don Chisciotte di fortuna all'assalto dei paesaggi western andalusi. Luna mi ha descritto il Sud della Spagna come un luogo imprevedibile in cui coabitano sogni e incubi, come i cowboy e gli indiani d'America. Chi vivrà vedrà!

Lungo la strada chiacchieriamo molto. In un certo senso, Méliès è diventato il mio dottor Love, l'antitesi di Madeleine insomma, sebbene l'uno mi faccia pensare all'altra. Da parte mia, cerco di incoraggiarlo nella sua (ri)conquista amorosa.

"Ma forse è ancora innamorata di te... Un viaggio sulla luna, anche su un razzo di cartone, potrebbe farle ancora piacere, no?"

"Mah, non credo. Mi trova penoso con i miei lavoretti. Sono sicuro che si innamorerà di uno scienziato o di un militare, visto come è finita tra noi."

Anche quando è sommerso dalla malinconia il mio orologiaio-prestidigitatore mantiene una forza comica potentissima. I baffi di traverso, sempre arruffati dal vento, non c'entrano davvero niente.

Non ho mai riso tanto come durante questa fantastica cavalcata. Viaggiamo clandestinamente su treni merci, dormiamo poco e mangiamo quello che capita. Io, pur vivendo con un orologio nel cuore, non guardo più l'ora. La pioggia ci ha sorpresi tante volte che mi chiedo se non ci saremo ristretti. Ma non può succederci niente. E noi ci sentiamo più vivi che mai.

A Auxerre, siamo costretti a dormire al cimitero. L'indomani, colazione su pietra tombale usata come tavolino. Che vita!

A Lione, attraversiamo il ponte della Guillotière sui monopattini, aggrappati al retro di una carrozza, con i passanti che applaudono nemmeno fossimo i vincitori del Tour de France.

A Valence, dopo una notte di vagabondaggio, un'anziana signora ci scambia per i suoi nipoti e ci cucina il miglior pollo con patatine del mondo. Ci spetta anche un bagno con sapone metamorfosante e un bicchiere di limonata senza bollicine. Che bella vita!

Puliti e ritemprati, partiamo all'assalto delle porte del Gran Sud: Orange e la polizia ferroviaria, poco incline a lasciarci dormire nel vagone bestiame, Perpignan e i primi odori della Spagna... Un chilometro dopo l'altro, il mio sogno si arricchisce di ogni possibilità. Miss Acacia, arrivo!

Accanto al Capitano Méliès, mi sento invincibile. Superiamo la frontiera spagnola in equilibrio sui nostri monopattini, un vento caldo si insinua in me, trasformando le lancette del mio cuore nelle pale di un mulino. Un mulino per macinare i chicchi del sogno da cui far scaturire la realtà. Miss Acacia, arrivo!

Un esercito di olivi ci fa strada, costeggiato da aranceti i cui frutti si riposano direttamente in cielo. All'orizzonte si stagliano le rosse montagne andaluse.

Un cumulo esangue si apre un varco fra le vette, sputando la sua saetta nervosa non lontano da noi. Méliès mi fa cenno di mettere via la ferraglia. Non è ancora il momento di prendersi un fulmine.

Un uccello si avvicina, planando come un avvoltoio. Il cerchio di rocce che ci circonda lo rende inquietante. In realtà si tratta solo del piccione viaggiatore di Luna, che mi porta notizie di Madeleine. Vederlo finalmente arrivare è un sollievo, perché, nonostante il fermento dei miei sogni, penso sempre a Madeleine.

Il piccione si posa su una minuscola nuvola di polvere. Il mio cuore accelera, non vedo l'ora di leggere la lettera. Non riesco a prendere quel maledetto piccione! L'indiano coi baffi che mi accompagna comincia a ululare per addomesticarlo, e alla fine afferro il corpo del pennuto.

Fatica sprecata, il piccione viaggia a vuoto. Ha solo un brandello di corda attaccato alla zampa sinistra. Nessuna lettera di Madeleine. Se ne sarà impossessato il vento. Forse dalle parti di Valence, nella valle del Rodano, quando vi si infila prima di andare a morire nel sole.

Sono deluso come se avessi appena aperto un pacco regalo pieno di fantasmi. Mi siedo sul monopattino e scarabocchio rapidamente due parole.

Cara Madeleine,

nella tua prossima lettera potresti riassumermi la precedente, perché quest'idiota di un pennuto l'ha seminata prima di consegnarmela.

Ho trovato un orologiaio che si prende cura del mio orologio e sto benissimo.

Mi manchi tanto. Anche Anna, Luna e Arthur.

Un abbraccio,

Jack

Méliès mi aiuta ad avvolgere per bene il foglio attorno alla zampa del volatile.

"Se sapesse che sono alle porte dell'Andalusia per correre dietro l'amore, si infurierebbe!"

"Le madri hanno paura per i propri figli e li proteggono come possono, ma è arrivato il momento che tu abbandoni il nido! Guarda il tuo cuore! È mezzogiorno! È giunta l'ora di darci dentro! Hai visto cosa c'è scritto sul cartello qui davanti: *Granada! Anda! Anda!*" ulula Méliès con un fremito di cometa nello sguardo.

Nelle cacce al tesoro, quando il luccichio delle monete comincia a filtrare dalla serratura del baule, l'emozione ci sommerge e osiamo a malapena aprire il coperchio. Paura di vincere.

Covo questo sogno da tanto tempo! Joe me lo ha spaccato sulla testa e io ne ho raccolto i frammenti. Ho portato la mia croce con pazienza, ricostruendo mentalmente l'uovo pieno di immagini della piccola cantante. Adesso è quasi sul punto di schiudersi e la fifa mi paralizza. L'Alhambra ci protende i suoi arabeschi piantati nel cielo opalino. Le carrozze sussultano. Il mio cuore sussulta. Si alza il vento, solleva la polvere, tira su gli abiti delle donne-ombrello. Oserò schiuderti, Miss Acacia?

Appena arrivati nella vecchia città, ci mettiamo alla ricerca di una sala di spettacolo. La luminosità è quasi insostenibile. Méliès fa la stessa domanda in tutti i teatri che incontriamo sul nostro cammino:

"Conoscete una piccola cantante di flamenco che non ci vede un granché?".

Trovare un fiocco di neve in una tempesta sarebbe più facile. Il crepuscolo finisce per placare gli ardori rosso aranciati della città, ma di Miss Acacia ancora nessuna traccia.

"Abbiamo molte cantanti di quel genere qui..." risponde un tizio magrissimo che sta spazzando la loggia dell'ennesimo teatro.

"No, no, questa è straordinaria. È giovanissima, quattordici-quindici anni, ma canta come un'adulta, e sbatte spesso contro le cose."

"Se è davvero straordinaria come dite, provate all'Extraordinarium."

"Che cos'è?"

"Un ex circo trasformato in parco dei divertimenti. Si vedono spettacoli di ogni genere, carovane di trovatori, étoile del ballo, treni fantasma, allevamenti di elefanti selvatici, uccelli canterini, parate di mostri viventi... Se non sbaglio, hanno una piccola cantante. È al 7 di calle Pablo Jardim, nel quartiere della Cartuja, a un quarto d'ora da qui."

"Grazie tante, signore."

"È un posto bizzarro, deve piacere... in ogni caso, buona fortuna!"

Sul cammino che porta all'Extraordinarium, Méliès mi dispensa qualche ultimo consiglio.

"Ti devi comportare come un giocatore di poker. Non mostrare mai né la paura né i dubbi. Hai in mano la carta vincente: il tuo cuore. Tu credi che sia una debolezza, ma se l'accetti per quello che è, l'orologio-cuore ti renderà speciale. La tua diversità ti renderà estremamente seducente!"

"Il mio handicap, un'arma di seduzione? Lo pensi davvero?"

"Certo! Pensi che la tua cantante non ti abbia affascinato perché ha l'abitudine di non mettersi gli occhiali e di sbattere ovunque?"

"Ma, non è questo..."

"Va bene, non è questo, ma la 'diversità' fa parte del suo fascino. Usa la tua, è il momento giusto."

Sono le ventidue quando entriamo nel perimetro dell'Extraordinarium. Percorriamo i viali, la musica risuona da ogni parte e diverse melodie si sovrappongono in un allegro frastuono. Dai banchi viene un odore di fritto e polvere: qui si deve avere sempre sete!

Tutte quelle baracche traballanti danno l'impressione di poter crollare al minimo soffio. La casa degli uccelli canterini somiglia al mio cuore in scala maggiore: deve scoccare l'ora per vederli uscire dal quadrante; un orologio si regola più facilmente se all'interno non c'è niente di vivo.

Dopo aver girato un bel po', su un muro noto un cartellone con delle foto, che annuncia gli spettacoli della serata:

Miss Acacia, flamenco in salsa piccante, ore 22, palco piccolo, davanti al treno fantasma.

Ho riconosciuto immediatamente i tratti del viso. Sono quattro anni che rovisto nei miei sogni e al termine della corsa ecco che la realtà prende finalmente il sopravvento! Mi sento come un uccellino che ha le vertigini il giorno del primo volo. Il nido soffice scompare, dovrò lanciarmi nel vuoto.

Le rose di carta cucite sul vestito della piccola cantante disegnano la cartina dei tesori del suo corpo. Sulla punta della lingua ho un sapore elettrico. Sono una bomba pronta a esplodere, una bomba terrorizzata, ma pur sempre una bomba.

Ci precipitiamo verso il palco e ci accomodiamo sulle sedie previste per il pubblico. La scena non è altro che un semplice palco allestito sotto la tettoia di una roulotte. E pensare che fra qualche istante la vedrò... Quanti milioni di secondi sono trascorsi dal mio decimo compleanno? Quanti milioni di volte ho sognato questo momento? L'euforia che si impossessa di me è così intensa che ho difficoltà a restare seduto. Tuttavia, nel mio petto, il fiero mulino a vento pronto a ingoiare tutto sul suo cammino è ridiventato un minuscolo cucù svizzero.

La gente in prima fila si volta verso di me, infastidita dal rumore sempre più assordante dell'orologio. Méliès risponde loro con un sorriso felino. Tre ragazze scoppiano a ridere e dicono qualcosa in spagnolo che più o meno deve corrispondere a "sono scappati dalla gabbia dei mostri, quei due". Ammetto che avremmo bisogno di una bella stirata.

All'improvviso la luce si spegne. Una musica squillante invade lo spazio, e dietro il sipario intravedo un'ombra in movimento. Un'ombra familiare...

La piccola cantante entra in scena, colpendo il palco con le scarpette gialle. Inizia la sua danza da uccellino in equilibrio sui tacchi. La voce di esile usignolo risuona ancor meglio che nei miei sogni. Vorrei avere il tempo di guardarla con calma, abituare il mio cuore alla sua presenza.

Miss Acacia inarca le reni, apre appena la bocca come baciata da un fantasma. Chiude gli immensi occhi mentre sbatte i palmi delle mani alzati come nacchere.

Durante una canzone molto intima, il cucù si mette in azione. Mi vergogno come non mai. Gli occhi sorridenti di Méliès mi aiutano a non cedere al panico. La mia piccola cantante entra in lotta con se stessa in un modo quasi incongruo per un luogo così vetusto. È come se accendesse la sua fiamma olimpica nel modellino di plastica di uno stadio.

Alla fine dello spettacolo molte persone la reclamano per scambiare due chiacchiere o avere un autografo. Devo fare la coda come tutti, solo che io non chiedo un autografo ma la luna. Lei e io raggomitolati in una falce di luna. Méliès mi sussurra:

"La porta del camerino è aperta e non c'è nessuno!".

Mi intrufolo come uno scassinatore.

Richiudo la porta del piccolo camerino e mi prendo il tempo di osservare la trousse dei trucchi, la distesa di polacchine con le paillette e il guardaroba, che non sarebbe dispiaciuto a Campanellino. La vicinanza con il suo universo femminile mi imbarazza piacevolmente, la delicatezza del suo profumo mi inebria. Aspetto, seduto sulla punta del divano.

All'improvviso la porta si apre. La piccola cantante entra come un uragano in gonna. Le scarpette gialle volano per aria. Piovono forcine dai capelli. Si siede davanti alla toeletta. Il più morto dei morti farebbe più rumore di me.

Comincia a struccarsi, leggiadra come un serpente rosa che fa la muta, poi si infila un paio di occhiali.

"Cosa ci fa lei qui?" chiede scorgendomi nel riflesso dello specchio.

"Mi scusi per l'intrusione, ma da quando l'ho sentita cantare qualche anno fa, avevo solo un sogno: ritrovarla. Ho attraversato mezza Europa per riuscirci. Mi hanno spaccato uova sulla testa e ho rischiato di farmi squartare da un esperto dell'amore con le defunte. Certo, sono una specie di handicappato del grande amore, e non è detto che il mio cuore di fortuna resista al terremoto emotivo che prova quando la vedo, ma di fatto batte per lei." Ecco cosa muoio dalla voglia di dire. Eppure resto più muto di un'orchestra di lapidi.

"Come ha fatto a entrare?"

È furibonda, ma la sorpresa sembra attenuare la rabbia. C'è un fondo di curiosità nel gesto discreto con cui si toglie gli occhiali.

Méliès mi aveva avvertito: "Fa' attenzione, è una cantante, è carina, non sarai il primo a cui è venuto in mente di... La seduzione massima è farle credere che non intendi sedurla".

"Mi sono appoggiato alla porta che non era chiusa bene e sono finito sul divano."

"Le capita spesso di finire nel camerino di una ragazza che sta per cambiarsi?"

"No, no, raramente!"

Ho la sensazione che tutte le parole dette abbiano un'importanza capitale; si staccano con difficoltà, una sillaba dopo l'altra; il peso del sogno che porto si fa sentire.

"Dove arriva lei in genere? Direttamente nel letto o sotto la doccia?"

"In genere, non arrivo proprio."

Cerco di ricordare il corso di stregoneria rosa di Méliès. "Mostrati per quello che sei, falla ridere o piangere, ma fa' finta di voler diventare suo amico. Interessati a lei, non solo al suo sedere. Ti dovrebbe riuscire, dato che non ti preoccupi solo di quello. Non si freme così a lungo per qualcuno solo se pensiamo al suo sedere, giusto?"

È tutto vero, ma ora che l'ho visto in movimento penso parecchio anche a quello, il che scompiglia ancor di più le carte.

"Non era lei a fare un tic tac infernale durante il concerto? Mi sembra di riconoscerla..."

"Riconoscermi?"

"Insomma, cosa vuole da me?"

"Vorrei regalarle una cosa. Non sono fiori e nemmeno cioccolatini..."

"E cosa sarebbe allora?"

Tiro fuori il mazzo di occhiali dallo zaino, glieli tendo concentrandomi per non tremare. Tremo lo stesso, il mazzo tintinna.

Fa una smorfia da bambola imbronciata. In quell'espressione possono nascondersi il sorriso o la collera, non so per quale propendere. Il mazzo è pesante, fra poco mi verrà un crampo e sto sfiorando il ridicolo.

"Che cos'è?"

"Un mazzo di occhiali."

"Non sono i miei fiori preferiti."

Ai confini del mondo, da qualche parte fra il mento e la piega delle labbra, si disegna un microscopico sorriso.

"Grazie, ma adesso vorrei cambiarmi in pace."

Mi apre la porta, la luce del lampione la abbaglia. Frappongo le mani tra il lampione e i suoi occhi; a poco a poco distende la fronte. È un attimo di meraviglioso turbamento.

"Non porto gli occhiali, ho la testa piccola e mi fanno somigliare a una mosca."

"Per me va benissimo."

Aveva appena cancellato il turbamento meraviglioso con la storia della mosca, e io l'ho riacutizzato con quel "Per me va benissimo". Il breve silenzio che segue è dolce come una tempesta di margherite.

"Potremmo rivederci, con o senza occhiali?"

"Sì."

7

È un sì minuscolo, pronunciato sulla punta del becco di un uccellino, ma riecheggia in me come una carica eroica. Si sono scatenati dei brividi rosa, il suono del tic tac somiglia a quello di una collana di perle che scivola fra le sue dita. Mi sento invincibilmente felice.

"Ha accettato il tuo mazzo di occhiali tutti storti?" mi chiede Méliès. "Le piaci! Sono sicuro che le piaci! Non si accetta un regalo così patetico se non si prova qualcosina!" aggiunge ilare.

Dopo aver raccontato a Méliès ogni particolare del nostro primo appuntamento improvvisato, e una volta sbollita l'euforia, gli chiedo di darmi un'occhiata al cuore, perché non ho mai provato emozioni tanto intense. Oh Madeleine, saresti furibonda... Méliès sfodera il suo gran sorriso coi baffi, poi comincia a maneggiare delicatamente gli ingranaggi.

"Senti male da qualche parte?"

"No, non mi sembra."

"Gli ingranaggi sono un po' caldi, ma non c'è niente di strano, funziona tutto a meraviglia. Forza, adesso andiamo. Non è ancora finita, abbiamo bisogno di un bagno caldo e un posto dove dormire!"

Dopo aver esplorato l'Extraordinarium, occupiamo una baracca abbandonata per la notte. E, nonostante il luogo fatiscente e la fame che ci attanaglia, ci addormentiamo come angioletti.

All'alba ho preso la mia decisione: devo trovare quanto prima un lavoro nei paraggi.

All'Extraordinarium tutti i posti sono occupati. Tutti, eccetto uno: nel treno fantasma manca qualcuno che spaventi i passeggeri durante il percorso. Insistendo, sono riuscito a strappare un incontro per domani con la padrona di casa.

In attesa di qualcosa di migliore, Méliès fa alcuni giochi di prestigio all'ingresso con il suo vecchio mazzo di carte truccate. Ha molto successo, soprattutto con le donne. Le "belle", come le chiama lui, si accalcano attorno al suo tavolo da gioco, stupite da ogni gesto. Racconta loro che sta per dare vita a una storia in movimento, una specie di libro fotografico animato. Sa come fare per sedurre le "belle".

Stamani l'ho visto mentre raccoglieva dei cartoni e ritagliava missili. Credo che pensi ancora di riconquistare la fidanzata, ricomincia a parlare del viaggio sulla luna. A poco a poco la sua macchina dei sogni si rimette in moto.

Sono le sei di sera quando mi presento davanti alla grande catapecchia del treno fantasma. Mi accoglie la padrona di casa, una vecchia rattrappita che risponde al nome di Brigitte Heim.

Ha i tratti del viso tirati, come se avesse un coltello fra i denti. Indossa grosse scarpe tristi – sandali da monaca – ideali per schiacciare sogni.

"E insomma tu, nanerottolo, vuoi lavorare nel treno fantasma?"

La sua voce fa pensare alle grida di uno struzzo, uno struzzo di pessimo umore. Ha la capacità di mettere angoscia istantaneamente.

“Che sai fare per spaventare?”

Sento riecheggiare l’ultima frase di Jack lo Squartatore: “Imparerai molto presto a spaventare per esistere”.

Mi sbottono la camicia e do un giro di chiave per far suonare il cucù. La padrona mi osserva con lo stesso disprezzo dell’orologiaio parigino.

“Non è con roba come questa che si fanno i milioni! Ma ti prendo perché non ho nessuno.”

Metto da parte l’orgoglio, ho davvero bisogno di questo lavoro.

La padrona mi porta a fare il giro del posto.

“Ho un accordo con il cimitero, recupero i teschi e le ossa dei morti quando le famiglie non possono più pagare la concessione,” dice facendomi visitare fiera il percorso. “Bella decorazione per un treno fantasma, no? E poi, se non li recupero io, finiscono nella pattumiera! Ah! Ah! Ah!” afferma con voce isterica e secca al tempo stesso.

I teschi e le ragnatele sono disposti metodicamente per filtrare la luce dei candelabri. Non c’è da nessuna parte un granello di polvere né un oggetto fuori posto. Mi chiedo quale vuoto intersiderale possa abitare una donna per passare la vita a fare le pulizie in queste catacombe.

Mi volto verso di lei:

“Ha figli?”.

“Che razza di domanda! No, ho un cane e sto proprio bene con il mio cane.”

Se un giorno diventerò vecchio e avrò la fortuna di avere dei figli, magari dei nipoti, credo che costruirò volentieri case piene di inseguimenti, risate e urla. Ma se non andrà così, di case piene di vuoto non ne vorrò sapere.

“È vietato toccare la scenografia. Se provi a calpestare un teschio e lo rompi, lo ripaghi!”

“Pagare”, la sua parola preferita.

Vuole sapere il motivo della mia venuta a Granada. Le racconto brevemente la mia storia. Diciamo pure che ci provo, visto che lei non fa altro che interrompermi.

"Non credo alla tua storia del cuore meccanico né del cuore innamorato. Mi chiedo chi può averti messo in testa queste idiozie. Credi forse di poter fare miracoli con il tuo pendolo? Farai un bel capitombolo, nonostante la piccola statura! La gente non ama le cose troppo diverse da se stessa. Anche se apprezzano lo spettacolo, è un piacere da guardoni. Per loro, andare a vedere la donna a due teste è come assistere a un incidente. Ho visto molti uomini applaudire, ma nessuno innamorarsi di lei. Sarà così anche per te. Magari si divertiranno a guardare le tue piaghe cardiache, ma non ti ameranno mai per ciò che sei. Pensi davvero che una ragazza carina come quella che mi descrivi desideri una tresca con uno che ha una protesi al posto del cuore? Personalmente, l'avrei trovato ripugnante... Comunque, se riesci a spaventare i miei clienti, saranno tutti contenti!"

La terribile Brigitte Heim si unisce al plotone dei menagramo. Ma lei non sa quanto sia massiccia la corazza di sogni che mi costruisco da quando ero piccolo. Sono la tartaruga più robusta del mondo! Quando penso a Miss Acacia, mi divoro la luna quasi fosse una crêpe fosforescente. Puoi girarmi intorno coi tuoi ghigni da morta vivente quanto vuoi, ma non mi ruberai niente.

Ore ventidue. Mi presento alla mia prima serata di lavoro. Il treno è quasi pieno. Fra mezz'ora entro in scena. È il momento di cimentarmi con il terrore. Ho una certa fifa, perché devo assolutamente conservare questo posto per restare il vicino ufficiale della piccola cantante.

Preparo il cuore in modo da renderlo uno strumento spaventoso. In cima alla collina mi divertivo a introdurre roba di tutti i tipi dentro l'orologio: sassi, carta di giornale, biglie eccetera. Gli ingranaggi cominciavano a stridere, il tic tac diventava caotico e il cucù dava l'impressione che un bulldozer in miniatura si aggirasse fra i miei polmoni. Madeleine ne era terrorizzata...

Ore ventidue e trenta. Sono aggrappato alla parete dell'ultimo vagone come un indiano pronto ad assaltare una diligenza. Brigitte Heim mi osserva con la coda dei suoi occhi torvi. Sono incredibilmente sorpreso di vedere Miss Acacia seduta tranquilla in un vagoncino del treno fantasma! La fifa sale di una spanna e mi fa scoppiettare il tic tac.

Il treno parte, salto da un vagone all'altro alla conquista del mio West amoroso. Devo distinguermi. C'è la mia vita in gioco! Scaglio il corpo contro la parete delle carrozze, il cucù risuona come la macchina dei pop-corn. Incollo la superficie liscia e freddissima della lancetta delle ore alla schiena dei clienti, intono *Oh When the Saints* pensando ad Arthur. Suscito qualche urlo. "Cosa sai fare per spaventare?" Ma io vorrei uscire dall'involucro del corpo, proiettare il sole sulle pareti perché lei lo veda, si senta riscaldata e desideri le mie braccia. Invece, a mo' di gran finale, per qualche secondo faccio la mia comparsa nella luce bianca gonfiando esageratamente il busto. Mi apro la camicia e a ogni battito si possono vedere gli ingranaggi che si muovono sotto la pelle. La mia prestazione viene salutata dal sorprendente urlo caprino di una tizia anzianotta e da tre surrogati di applausi coperti da risate.

Osservo Miss Acacia, sperando di esserle piaciuto in un modo o nell'altro.

Sorride maliziosa come una ladra di caramelle.

"È finita?"

"?"

"Ah, ottimo, non ho visto un bel nulla, ma sembrava molto divertente, complimenti! Non sapevo fosse lei. Bravo!"

"Grazie... E gli occhiali, li ha provati?"

"Sì, ma sono storti o rotti..."

"Già, li ho scelti così perché li indossasse senza paura di rovinarli!"

"Crede che non porti gli occhiali per paura di rovinarli?"

"No..."

Fa una risatina, lieve come una cascata di perle che sfiora uno xilofono.

"Capolinea, tutti a terra!" urla il capostruzzo in quel momento.

La piccola cantante si alza e mi fa un cenno discreto con la mano. Sopra la sua ombra ben tornita si eleva una chioma ondulata. Anche se avrei voluto stupirla un po', preferisco che non abbia visto che razza d'aspetto ha il mio cuore. Per quanto io sogni di essere un sole nella notte, la vecchia Brigitte ha risvegliato i miei vecchi demoni. Anche la corazza della tartaruga più robusta del mondo, ogni tanto, nel pieno dell'insonnia, si rammollisce.

In lontananza le sue scarpette tintinnano ritmicamente. Mi nutro di questo suono finché la mia piccola cantante non sbatte violentemente contro la porta di uscita. Tutti ridono, nessuno l'aiuta. Traballa come un'ubriaca ben vestita, poi scompare.

Nel frattempo Brigitte Heim si è lanciata in un commento finale sulla mia prestazione che mi passa anni luce sopra la testa, sebbene, a un certo punto, credo di aver sentito la parola "pagare".

Mi affretto a raggiungere Méliès per raccontargli tutto. Per strada, mentre affondo le mani in tasca, trovo un pezzo di carta appallottolato.

Non mi servono gli occhiali per vedere quanto il tuo numero sia ben rodato. Immagino che la tua agenda sia un'enciclopedia in dodici volumi piena di appuntamenti... Ritroverai la pagina in cui hai appuntato il mio nome?

Fra un numero con le carte e l'altro, faccio leggere il messaggio al mio orologiaio-prestidigitatore del cuore.

"Uhm, vedo... La tua Miss Acacia non funziona come le cantanti che ho conosciuto, non è egocentrica. Non si rende pienamente conto del suo potere seduttivo – il che, ovviamente, fa parte del suo fascino. In compenso ha apprezzato il tuo numero. Ora devi solo tentare il tutto per tutto. E ricorda che lei non sa di essere così desiderabile. Approfittane!"

Mi precipito davanti al suo camerino e anch'io lascio scivolare un messaggio sotto la porta:

A mezzanotte in punto dietro il treno fantasma, si metta gli occhiali per non sbattere contro la luna e mi aspetti. Le prometto che le lascerò il tempo di toglierseli prima di guardarla.

"*Anda, hombre! Anda!* È tempo di mostrarle il cuore!" ripete Méliès.

"Ho paura di spaventarla con le lancette e tutto il resto. Sono terrorizzato all'idea che mi rifiuti... È tanto che sogno questo momento, capisci?"

"Mostrale il tuo vero cuore. Ricordati ciò che ti ho detto, è l'unico gioco di prestigio possibile. Se vedrà il tuo vero cuore, l'orologio non la spaventerà, credimi!"

Mentre aspetto la mezzanotte come un Natale dell'amore, mi si posa sulla spalla il piccione sgangherato di Luna. Questa volta la lettera non è andata perduta. La apro in uno stato di commossa eccitazione.

Mio piccolo Jack,

speriamo che te la cavi bene e ti prenda cura di te. Dovrai aspettare ancora un po' prima di tornare a casa per colpa della polizia.

Con affetto,

La dottoressa Madeleine

L'arrivo del piccione mi ha riempito di una gioia incredibile, ma il contenuto della lettera che trasporta mi abbatte moltissimo. È strana questa firma: DOTTORESSA Madeleine. E poi me la sarei immaginata più chiacchierona. Forse non ha voluto appesantire il messaggero. Rinvio subito l'animale:

Spediscimi lettere lunghe per posta tradizionale, può darsi che resti qui per un po' di tempo. Mi manchi. Ho bisogno di leggere più di brevi messaggi appesi alla zampa di un volatile. Per quanto mi riguarda, va tutto benissimo, viaggio insieme a un orologiaio-prestidigitatore che verifica il corretto funzionamento del mio cuore. La polizia ti lascia in pace? Rispondimi presto!

Un abbraccio,

Jack

PS: L'Extraordinarium, 7 calle Pablo Jardim, La Cartuja, Granada

È mezzanotte, attendo come un felicissimo imbecille. Indosso un maglione blu elettrico che spero metta in risalto il verde degli occhi. Il treno fantasma è silenzioso.

Mezzanotte e venti, nulla. Mezzanotte e mezzo, ancora niente Miss Acacia. Una meno venti, il cuore mi si raffredda, il tic tac si indebolisce.

"Ehi!"

"Sono qui..."

Resta sulla soglia, come in equilibrio sullo zerbino. Perfino la sua ombra contro la porta è sexy. Mi basterebbe quella per cominciare a baciarla.

"Mi sono travestita da te senza saperlo!"

Ha un maglione quasi identico al mio.

"Scusami, non ho avuto il tempo di trovare un abito degno di un appuntamento, ma vedo che per te è lo stesso!"

Annuisco sorridendo anche se, per quanto mi riguarda, ho sfoggiato tutta la mia classe nel vestire.

Non posso fare a meno di fissare il movimento vellutato delle sue labbra. Se ne accorge, lo sento. I silenzi fra le parole aumentano, i rumori prodotti dall'orologio cominciano ad attirare la sua attenzione.

"Hai molto successo al treno fantasma, tutte le ragazze sono uscite con il sorriso sulle labbra," si lascia sfuggire all'improvviso, decapitando l'angelo che passava.

"Non è un buon segno, dovrei *spaventare per esistere*... Intendo dire, per mantenere il posto qui."

"Poco importa che tu faccia ridere o piangere, l'essenziale è suscitare un'emozione, no?"

"Quella megera di Brigitte mi ha detto che per l'immagine del treno fantasma non va bene che la gente esca ridendo. Credo che dovrò imparare a spaventare se voglio continuare a lavorare qui."

"Spaventare è un modo di sedurre come un altro e, a proposito di seduzione, sembri cavartela proprio bene."

Vorrei dirle che ho una protesi al posto del cuore, che dell'amore non ci capisco niente, voglio che percepisca che quanto sta succedendo per me è unico. Sì, ho preso qualche lezione di stregoneria rosa da un illusionista, ma al solo scopo di raggiungere "lei". Vorrei sedurla senza che mi consideri un seduttore. Il confine è delicato. A un tratto mi limito a rispondere:

"Mi piacerebbe che ci abbracciassimo".

Silenzio, nuova smorfia da bambola imbronciata e palpebre chiuse.

"Dopo, potremo continuare a chiacchierare di tutto questo, ma prima ci possiamo abbracciare?"

Miss Acacia sussurra un piccolo "D'accordo" che le esce a malapena dalle labbra. Un dolce silenzio cala sui nostri gesti. Si avvicina ondeggiando. Da vicino è ancora più bella della sua ombra – incute anche molta più soggezione. Prego un dio che nemmeno conosco che l'orologio non si metta a suonare.

Le nostre braccia si fondono con estrema naturalezza. L'orologio mi dà fastidio, non oso stringere troppo il mio petto al suo. Non devo spaventarla con questo cuore rattoppato. Ma come puoi non intimorire un pulcino di donna quando delle lancette appuntite ti escono dai polmoni? Il panico meccanico si rimette in moto.

Mi scanso sul lato sinistro come se avessi un cuore di vetro. Questo complica la nostra danza, soprattutto perché lei sembra proprio una campionessa di tango. Il volume del tic tac cresce a tempo. Le raccomandazioni di Madeleine mi tornano in mente a lampi. E se addirittura morissi prima di baciarla? Sensazione di salto nel vuoto, gioia di prendere il volo, paura di schiantarsi.

Le sue dita si illanguidiscono dietro il mio collo, le mie si perdono piacevolmente da qualche parte sotto le spalle. Cerco di saldare il sogno alla realtà, ma lavoro senza maschera. Le nostre bocche si avvicinano. Il tempo rallenta, si è quasi fermato. Le labbra si rincorrono, la rincorsa più delicata del mondo. Si fondono, delicatamente e intensamente. La sua lingua, come un passerotto che si schiude sulla mia, ha un curioso sapore di fragola.

La guardo chiudere gli occhi enormi sotto le palpebre-ombrellino e mi sembra di sollevare le montagne, l'Himalaya col braccio sinistro e le Montagne Rocciose col destro. Atlante è un povero nanerottolo al mio cospetto; una gioia immensa mi inonda! Il treno fa risuonare i suoi fantasmi a ognuno dei nostri gesti. Il rumore dei tacchi di Miss Acacia sul pavimento ci avvolge.

"Silenzio!" urla una voce stridula.

Ci stacchiamo in un sussulto. Abbiamo svegliato il mostro di Loch Ness. Siamo in apnea.

"Sei tu, nanerottolo? Che combini a quest'ora lungo il percorso?"

"Cerco delle idee per spaventare."

"Cerca in silenzio! E non toccare i miei teschi nuovi di zecca!"

"Sì, sì..."

Miss Acacia, sconvolta, si è stretta un po' di più fra le mie braccia. Il tempo sembra essersi fermato, e io non ho proprio voglia che riprenda il suo corso abituale. Tanto che dimentico di tenere il cuore a distanza. Lei appoggia la testa al mio petto e fa una smorfia.

"Che cosa c'è là sotto? Punge!"

Evito di rispondere, ma ho i sudori freddi come un falsario smascherato. Vorrei mentire, inventare, imbrogliare, ma è una domanda così semplice e sincera che non ci riesco. Apro lentamente la camicia, un bottone dopo l'altro. L'orologio appare, il tic tac si fa più sonoro. Aspetto la sentenza. Lei avvicina la mano sinistra sussurrando:

"Che cos'è?".

La compassione che emana dalla sua voce fa venire voglia di ammalarsi fino alla fine dei propri giorni per averla al fianco come infermiera. Il cucù comincia a suonare. Lei sobbalza. Mentre do un giro di chiave, bisbiglio:

"Mi dispiace. È il mio segreto, avrei voluto confessartelo prima, ma avevo paura di spaventarti troppo".

Le spiego che questo orologio è il mio cuore dal giorno della nascita. Non aggiungo che l'amore – come la rabbia – mi è vivamente sconsigliato per motivi di incompatibilità organica. Mi chiede se cambiando orologio i miei sentimenti potrebbero modificarsi oppure se si tratti solo di un procedimento meccanico. Una strana malizia illumina la sua voce, e tutto questo sembra divertirla. Le rispondo che la meccanica del cuore non può funzionare senza emozioni, ma evito di avventurarmi oltre su questo scivoloso terreno.

Sorride, come se le spiegassi le regole di un gioco delizioso. Nessun grido di orrore, nessuna risata. A oggi, solo Arthur, Anna, Luna e Méliès non si sono turbati alla vista del mio orologio-cuore. Per me è un atto di amore molto importante quel suo modo di farmi capire: "Hai un cucù fra le ossa, e allora?". Semplicemente, così semplicemente...

Comunque non devo essere precipitoso. Forse, attraverso la vista annebbiata, l'orologio è meno ripugnante.

"È comodo questo marchingegno. Se ti stancherai, come fanno tutti gli uomini, potrò provare a sostituirti il cuore prima che tu sostituisca me."

"Ci siamo baciati per la prima volta esattamente trentasette minuti fa all'orologio del mio cuore, credo che abbiamo ancora un po' di tempo davanti a noi prima di pensare a queste cose."

Perfino i suoi ripetuti "non mi lascio ingannare" assumono un tono grazioso.

Riaccompagno Miss Acacia a passo di lupo, la stringo come un lupo, sparisco fingendomi un lupo.

Ho appena baciato la ragazza con la lingua da passerotto e niente sarà più come prima. L'orologeria palpita come un vulcano impetuoso. Eppure non mi fa male niente. O meglio, ho un dolore intercostale. Ma penso che, dopo una tale ubriacatura di gioia, sia un piccolo prezzo da pagare. Questa notte balzerò sulla luna, mi sistemerò nella falce come se fosse un'amaca e non avrò alcun bisogno di dormire per sognare.

8

Il giorno successivo Brigitte Heim mi sveglia con la sua voce da stregaccia.

"In piedi, nanerottolo! Oggi ti impegni a fare paura o ti butto fuori senza nemmeno un soldo."

La sua voce acida di prima mattina mi dà il voltastomaco. Ho i postumi di una sbornia amorosa e il risveglio è violento.

Ieri sera avrò mischiato un po' troppo i sogni con la realtà? Proverò tutto questo sfolgorio anche la prossima volta? Basta solo l'idea per punzecchiarmi l'orologio. Sono consapevole di andare contro le raccomandazioni di Madeleine, ma non sono mai stato così felice e angosciato al tempo stesso.

Passo a trovare Méliès per fargli controllare l'orologio.

"Il tuo cuore non ha mai funzionato tanto bene, ragazzo," mi assicura. "Dovresti guardarti allo specchio quando evochi ciò che è successo ieri notte, vedresti dagli occhi che il barometro del tuo cuore segna bel tempo stabile."

Per tutto il giorno mi aggiro nel treno fantasma pensando che la sera potrò fare ancora l'alchimista.

Ci vediamo soltanto la notte. La sua fiera civetteria mi avverte sempre che sta arrivando, ogni volta va a sbattere contro qualcosa. È il suo modo di bussare alla porta del treno fantasma.

Ci amiamo come due fiammiferi in carne e ossa. Non parliamo, ci infiammiamo. Non parliamo più di baci ma di "incendi", e il mio corpo è diventato un terremoto di un metro e sessantasei virgola cinque. Il mio cuore fugge dal suo involucro-prigione. Vola attraverso le arterie, si sistema dentro il cranio per diventare cervello. In ogni muscolo e fino alla punta delle dita, il cuore! E un sole feroce, dappertutto! Una malattia rosa dai riflessi rossi.

Non posso più fare a meno di lei: l'odore della sua pelle, il suono della voce, quei piccoli vezzi che la rendono la ragazza più forte e più fragile del mondo. La mania di non mettersi gli occhiali per vedere il mondo attraverso lo schermo fumoso della vista annebbiata; il modo tutto suo di proteggersi. Vedere senza vedere davvero e, soprattutto, senza farsi notare.

Scopro la strana meccanica del suo cuore. È un sistema che funziona con un guscio autoprotettivo dovuto alla sua profonda mancanza di fiducia. Un'assenza di stima in lotta con una determinazione fuori dal comune. Le scintille che Miss Acacia produce cantando sono le schegge delle sue incrinature, che lei è capace di proiettare sulla scena, ma non appena la musica cessa, perde l'equilibrio. Non ho ancora trovato l'ingranaggio rotto.

Il codice di accesso al suo cuore cambia ogni notte. A volte il guscio è duro come una roccia. Nonostante provi mille combinazioni sotto forma di carezze, parole consolatorie, resto sulla porta. Eppure mi piace tanto far schiudere questo guscio! Sentire quel rumoretto quando apre, vedere la fossetta che si scava all'angolo delle labbra e sembra dire: "Soffia!". Il sistema di protezione che si frantuma in dolci schegge.

"Come addomesticare una scintilla. Questo è il manuale che mi servirebbe!" dico a Méliès.

"Un prontuario di alchimia pura, vuoi dire... Ah! Ah! Ma le scintille non si addomesticano, ragazzo. Ti ci vedi bello tranquillo a casa con una scintilla in gabbia? Prenderebbe fuoco e finiresti carbonizzato, non potresti nemmeno avvicinarti alle sbarre."

"Non intendo metterla in gabbia, vorrei soltanto infonderle più fiducia."

"Questa è proprio alchimia pura!"

"Diciamo che sognavo un amore grande come la collina di Arthur's Seat e invece mi trovo una catena montuosa che mi cresce direttamente sotto le ossa."

"Hai una fortuna straordinaria. Lo sai che in pochi si avvicinano a questo sentimento?"

"Può darsi, ma adesso che l'ho assaporato, non posso più farne a meno! E quando lei si chiude, mi sento completamente svuotato."

"Accontentati di approfittarne nei momenti in cui tutto questo ti attraversa. Anch'io ho conosciuto una scintilla e posso dirti che queste ragazze sono come il meteo in montagna: imprevedibili! Nonostante Miss Acacia ti ami, non potrai mai domarla."

Ci amiamo di nascosto. Abbiamo appena trent'anni in due. Lei è la piccola cantante celebre fin dall'infanzia. Io sono lo straniero che lavora al treno fantasma.

L'Extraordinarium funziona come un paese, ci conosciamo tutti e il pettegolezzo vola. Ci sono i gelosi, i dolci, i moralisti, i meschini, i coraggiosi e gli invadenti ben intenzionati.

Galleggerei molto volentieri al di sopra delle dicerie, se non altro per poterla baciare un po' più a lungo. Miss Acacia invece rifiuta categoricamente che gli altri conoscano il nostro segreto.

All'inizio questa situazione era perfetta, ci sentivamo un po' pirati, e la sensazione magica di sfuggire al mondo ci permetteva di resistere.

Ma quando il grande sentimento amoroso si conferma oltre la prima esplosione, piomba come un piroscafo in una vasca da bagno. Allora occorre spazio, sempre più spazio... La luna ci delizia ma desideriamo anche il sole.

"Ti bacerò davanti a tutti, non rischiamo niente."

"Anche a me piacerebbe baciarti in pieno giorno e fare le cose che fanno tutti, però, finché nessuno ci vede, saremo protetti dai pettegolezzi. Se la gente come Brigitte Heim scoprisse il nostro segreto, non ci lascerebbe più in pace."

Sicuramente lo zucchero delle parole che mi infila in tasca è gustoso e le lascerei scivolare volentieri sotto la lingua. Tuttavia, mi è sempre più insopportabile guardarla fuggire fra gli interstizi della notte non appena si avvicina l'alba. I tacchi a spillo che sottolineano il tempo dell'allontanamento mi rendono nuovamente insonne. Ho mal di schiena quando sorge il sole e gli uccelli mi ricordano che non ho molto tempo per dormire.

In pochi mesi il nostro amore è cresciuto ancora e non può più accontentarsi di nutrirsi solo nel cuore della notte. Che vengano il sole e il vento, abbiamo bisogno di calcio per le ossa delle nostre fondamenta! Voglio togliermi la maschera del pipistrello romantico. Voglio l'amore in pieno giorno.

Quasi un anno dopo i nostri primi incendi, la situazione è identica. Né più, né meno. Non riesco a mitigare la sua angoscia a esporsi. Méliès mi consiglia di avere pazienza con Miss Acacia. Studio la meccanica del suo cuore con dedizione, cerco di aprire le serrature bloccate con dolci chiavi, ma certe zone sembrano irrimediabilmente chiuse.

La sua fama di cantante appassionata supera ormai i confini dell'Extraordinarium. Mi piace andarla ad ascoltare nei cabaret delle città vicine. Sentire il vento nei suoi movimenti di flamenco. Arrivo sempre dopo l'inizio dello spettacolo e mi eclisso prima della fine, così che nessuno noti la mia presenza costante.

Dopo i concerti, schiere di uomini ben vestiti aspettano sotto la pioggia per offrirle mazzi di fiori più grandi di lei. La corteggiano sotto i miei occhi. Nascosto ai confini di una foresta di ombre, non posso mostrarmi. Si meravigliano del suo talento di piccola grande cantante. Conosco a menadito il fuoco sacro che lei dispensa su qualsiasi scena calchi. Mi ritrovo ai margini della sua vita sociale. Veder splendere quelle scintille negli occhi di molti uomini con il cuore in buona salute mi produce un terribile ritorno di fiamma. Il rovescio della medaglia dell'amore proietta i suoi oscuri riflessi, e anch'io scopro di essere geloso.

Questa sera ho deciso di provare un esperimento per tenerla nel mio letto. Bloccherò le lancette e fermerò il tempo. Farò ripartire il mondo solo se me lo chiederà lei. Probabilmente Madeleine non voleva che toccassi le lancette per timore che intervenissi sul corso del tempo. Se Cenerentola avesse avuto un orologio nel cuore, avrebbe fermato il tempo a mezzanotte meno un minuto e se la sarebbe spassata al ballo per tutta la vita.

Mentre Miss Acacia si infila le scarpette con una mano e si pettina con l'altra, blocco la lancetta dei minuti. Quando la lascio ripartire, l'orologio del mio cuore segna le quattro e trentasette da un quarto d'ora buono. In quel mentre Miss Acacia è sparita nel labirinto silenzioso dell'Extraordinarium, e i primi uccelli del mattino accompagnano il rumore dei suoi passi.

Mi sarei preso volentieri un po' di tempo in più per osservare deliziato le sue caviglie da pulcino, per risalire lungo i polpacci aerodinamici fino alle pietre ambrate che le servono da ginocchia. Allora avrei costeggiato le gambe dischiuse per posarmi sulla più dolce delle piste d'atterraggio. Là mi sarei dedicato a diventare il migliore accarezzatore-baciatore del mondo. Ogni volta che vorrà rientrare le giocherò questo scherzo: blocco del tempo seguito da un corso di lingue poco straniere. A quel punto farò ripartire il mondo, lei si sentirà molto strana e non potrà fare a meno di trascorrere qualche altro minuto reale e luminoso nel mio letto. E in quegli istanti rubati al tempo, sarà solo mia.

Ma se questo vecchio orologio sa indicarmi perfettamente il tempo che passa ticchettando quando sono insonne, ad aiutarmi con la magia non ci pensa proprio. Resto seduto sul letto nel tentativo di attenuare alla bell'e meglio i dolori dell'orologio premendo gli ingranaggi fra le dita. Oh Madeleine, saresti furibonda!

La mattina seguente decido di andare a trovare Méliès. Si è costruito un laboratorio in cui lavora sodo al suo sogno della fotografia in movimento. Passo da lui quasi ogni pomeriggio prima di andare al treno fantasma. Lo sorprendo spesso insieme alle "belle". Un giorno, con una bruna dai capelli lunghi, il giorno dopo, con una piccoletta rossa. Ciò nonostante lavora ancora al famoso viaggio sulla luna che voleva regalare alla donna della sua vita.

"Mi curo dell'amore perduto con qualche consolazione, è una medicina dolce che talvolta pizzica un po', però mi aiuta a rimettermi. La stregoneria rosa mi si è rivoltata contro: te l'ho detto, nessun trucco è infallibile. Adesso, prima di lanciarmi di nuovo nelle sensazioni forti, devo fare un po' di rieducazione. Non prendere esempio da me. Continua a fondere i sogni con la realtà senza dimenticare la cosa più importante: oggi Miss Acacia è innamorata di te."

9

Tutti i giorni Brigitte Heim minaccia di buttarmi fuori se continuo a rendere comico il suo treno fantasma, ma non passa alle vie di fatto grazie all'affluenza dei clienti. Mi sforzo più che posso di spaventarli, ma non riesco a evitare di farli involontariamente ridere. Per quanto canti *Oh When the Saints* zoppicando come Arthur, mi rompa le uova sulla cornice del cuore nel silenzio della curva dei candelabri, suoni l'archetto sugli ingranaggi per produrre melodie stridenti e finisca per balzare da un vagone all'altro fin sulle ginocchia della gente, non c'è niente da fare, ridono tutti a crepapelle. Le mosse a sorpresa fanno sistematicamente cilecca, dal momento che il tic tac risuona in tutto l'edificio e i clienti capiscono esattamente quando dovrei stupirli, alcuni frequentatori abituali ridono perfino in anticipo. Méliès, invece, pensa che sono troppo innamorato per incutere davvero paura.

Di tanto in tanto Miss Acacia viene a fare un giro sul treno fantasma. Quando vedo che accomoda il suo sedere da uccellino sul sedile di un vagone, il mio orologio si sbizzarrisce in tic tac sempre più rumorosi. Le infilo qualche "incendio" nelle tasche, in attesa dei nostri incontri notturni.

Dai, vieni mio albero in fiore, stasera spegneremo la luce e sui tuoi boccioli poserò gli occhiali. Con la punta dei rami segnerai la volta celeste e scuoterai il tronco invisibile che sostiene la luna. Nuovi sogni cadranno ai nostri piedi come neve tiepida. Pianterai a terra le tue radici a forma di tacchi a spillo, che faranno saldamente presa. Lascia che mi arrampichi sul tuo cuore di bambù, voglio dormire accanto a te.

Suona la mezzanotte. Osservo alcune schegge di legno sul letto: in certi punti l'orologio si sfalda. Miss Acacia arriva senza occhiali ma con un'aria assorta come se avessimo un appuntamento d'affari.

"Eri strano ieri sera, mi hai lasciata andare senza nemmeno salutarmi, né darmi un bacio, niente. Eri tutto preso dal tuo orologio. Ho avuto paura che ti tagliassi con le lancette."

"Mi dispiace, volevo solo inventare qualcosa perché tu restassi un po' di più, ma non ha funzionato."

"No, non ha funzionato. Non farmi scherzi. Ti amo, ma sai bene che non posso rimanere fino al mattino."

"Lo so, lo so... è proprio per questo che ho provato a..."

"E poi, ti potresti togliere l'orologio quando siamo insieme, mi faccio certi lividi mentre..."

"Levarmi l'orologio? Ma non posso!"

"Certo che puoi! Io sotto le lenzuola non ci vengo mica con il trucco di scena!"

"Capita eccome! E sei così bella tutta nuda e con gli occhi truccati."

Una leggera schiarita si affaccia dalle ciglia.

"Ma io non potrò mai togliermi l'orologio, non è un accessorio."

Risponde muovendo la sua bocca elastica, come a dire: "Non ti credo nemmeno al settanta per cento...".

"Vedi, mi piace il modo in cui ti fai guidare dai sogni, ma ogni tanto bisogna tornare con i piedi per terra, bisogna crescere. Non trascorrerai tutta la vita con delle lancette che ti escono dal cappotto," afferma con tono da maestrina.

Dal nostro primo incontro, non mi era mai capitato di trovarmi nella stessa stanza ed essere tanto distante dalle sue braccia.

“E invece sì. Funziono proprio così. Questo orologio fa parte di me, mi fa battere il cuore, per me è vitale. Ci devo convivere. Cerco di usare quello che sono per superare la realtà, per esistere. Proprio come quando tu canti sulla scena, è la stessa cosa.”

“Non è la stessa cosa, sciocchino!” dice facendo scivolare la punta delle unghie sul quadrante.

L’idea che secondo lei il mio orologio possa essere un “accessorio” mi fa gelare il sangue. Non potrei amarla se considerassi il suo cuore finto, che fosse di vetro, di carne o di guscio d’uovo.

“Tienilo se vuoi, ma fa’ attenzione alle lancette...”

“Mi credi al cento per cento?”

“Al momento facciamo al settanta per cento, sta a te dimostrarmi che posso spingermi fino al cento per cento, little Jack...”

“Perché non mi concedi anche quel trenta per cento?”

“Perché conosco bene gli uomini.”

“Io non sono ‘gli uomini’.”

“Lo pensi davvero?”

“Certo!”

“Sei un imbroglione nato. Anche il tuo cuore è un trucco!”

“L’unico vero trucco è il mio cuore!”

“Vedi, cadi sempre in piedi! Ma è proprio questo che amo di te.”

“Non voglio che ami ‘questo di me’, voglio che ‘mi ami tutto’.”

Le sue palpebre a forma di ombrellini neri sbattono a tempo con il tic tac del mio cuore. Diverse smorfie divertite e dubbiose sfilano agli angoli di quelle labbra che non bacio da troppo tempo. Sotto il quadrante aumentano le palpitazioni. Un solletico ben noto.

Allora dà il via a un rullo di tamburi che richiama tutte le cose dolci, e le si illumina un accenno di fossetta.

“Ti amo tutto,” conclude.

Posa le mani strategicamente, togliendomi il respiro. I pensieri mi si diluiscono nel corpo. Spegne la luce.

Ha il collo cosparso di minuscoli nei, una costellazione che le scende fino al seno. Divento l'astronomo della sua pelle, caccio il naso nelle stelle. La sua bocca socchiusa accende il desiderio, sento bollire il sangue e ho lampi alle gambe. La sfioro con tutte le mie forze e lei, con tutte le sue, si fa fiore per me. Dalle mani emana una dolce elettricità. Mi avvicino ancora.

"Per migliorare le statistiche sulla fiducia, ti regalo la chiave del mio cuore. Non potrai toglierlo, ma potrai fare ciò che vuoi e quando vuoi. E poi *sei tu* la chiave che mi apre completamente. Ma tu, visto che ho assoluta fiducia, ti metterai gli occhiali e ti lascerai guardare negli occhi attraverso le lenti, d'accordo?"

La piccola cantante accetta e si tira indietro i capelli. Gli occhi risaltano sul viso da cerbiatta elegante. Poi si infila un paio di occhiali di Madeleine, inclinando la testa di lato. Oh Madeleine, se la vedessi, saresti furibonda!

Potrei dirle che la trovo sublime con gli occhiali, ma tanto non mi crederebbe, quindi preferisco accarezzarle la mano. Comincio a ripetermi che forse, quando vedrà come sono realmente, le piacerò meno. Ora sono io ad angosciarmi.

Poso la chiave nella sua mano destra. Ho fifa, e questo produce un rumore di trenino giocattolo.

"Perché hai due fori?"

"Quello a destra serve ad aprire, quello a sinistra a rimettere l'ora."

"Posso aprire?"

"Va bene."

Inserisce delicatamente la chiave nella serratura destra. Chiudo gli occhi, poi li riapro, come quando ci baciamo a lungo, per osservare l'"incendio".

Ha le palpebre chiuse, così magnificamente chiuse. È un

momento di sorprendente serenità. Prende un ingranaggio fra pollice e indice, lentamente, senza rallentarne il funzionamento. Una marea di lacrime sale repentina e mi sommerge. Lei lascia andare la stretta delicata e i rubinetti della malinconia smettono di scorrere. Miss Acacia accarezza un altro ingranaggio – mi solleticherà il cuore? Rido un po', un sorriso appena udibile. Allora, senza abbandonare il secondo ingranaggio con la mano destra, torna sul precedente con le dita della mano sinistra. Quando arriva con le sue labbra, mi fa l'effetto della fata turchina di Pinocchio, ma più realistico. Ma non è il naso ad allungarsi. Lei se ne accorge, accelera i movimenti, aumentando progressivamente la pressione sugli ingranaggi. Mi escono certi suoni dalla bocca che non riesco a trattenere. Sono sorpreso, turbato, ma soprattutto eccitato. Si serve dei miei ingranaggi come se fossero potenziometri, i sospiri si trasformano in gemiti.

"Ho voglia di fare un bagno," sussurra.

Le faccio cenno che sono d'accordo, e del resto non vedo alcun motivo per non esserlo. Salto in piedi per andare a prepararle un bel bagno bollente.

Faccio piano per non svegliare Brigitte. Il muro della stanza confina con la sua camera, la sento tossire.

I riflessi argentati danno l'impressione che il cielo e le stelle siano appena caduti nella vasca. È meraviglioso questo normalissimo rubinetto che dispensa tenere stelle nel silenzio della notte. Entriamo delicatamente in acqua per non guastare questa delizia. Siamo due vermicelli stellati di gran formato. E facciamo l'amore più lentamente possibile, solo con la lingua. Gli sciabordii dell'acqua ci illudono di essere l'uno nel ventre dell'altro. Ho provato raramente una sensazione così piacevole.

Sussurriamo grida. Dobbiamo trattenerci. A un tratto lei si alza, si volta e ci trasformiamo in animali della giungla.

Alla fine mi lascio cadere disteso, come se fossi appena

morto in un western, e lei comincia a urlare lentamente. Il cucù suona al rallentatore. Oh Madeleine...

Miss Acacia si addormenta. La guardo per molto tempo. La lunghezza delle ciglia truccate rafforza la ferocia della sua bellezza. È così desiderabile che mi chiedo se il mestiere di cantante non l'abbia condizionata al punto da farla mettere in posa per qualche pittore immaginario perfino nel bel mezzo del sonno. Somiglia a un quadro di Modigliani, un quadro di Modigliani che russa appena un po'.

Il giorno successivo riprende la sua vita di normale piccola cantante, una vita che cresce, cresce con tutta quella gente che, come delle specie di fantasmi di carne, le gira intorno senza una funzione precisa.

Tutta questa fauna profumata mi spaventa più di un branco di lupi in una sera di luna piena. È una grande ipocrisia, chiacchiere più morte di una tomba. Trovo coraggioso il suo restare a galla in questo turbine di lustrini e melma.

Un giorno me la spediranno sulla luna per sperimentare le reazioni erotiche degli extraterrestri. Canterà, ballerà, risponderà alle domande dei giornalisti della luna, la fotograferanno e lei finirà per non tornare mai più. Ogni tanto penso che ci mancherebbe solo Joe, nel ruolo di ciliegina marcia su una torta andata a male.

La settimana successiva, Miss Acacia canta a Siviglia. Tiro fuori il monopattino costruito da Méliès e parto cavalcando le montagne rosse per ritrovarla alla fine dello spettacolo nella sua camera d'albergo.

Lungo la strada, il piccione viaggiatore mi consegna un'altra lettera di Madeleine. Appena qualche parola, sempre le stesse – parole che non sembrano sue. Avrei desiderato tanto... Vorrei tanto che lei e Miss Acacia si incontrassero. Ovviamente Madeleine avrebbe paura dell'amore, ma la personalità della piccola cantante le piacerebbe. Immaginare queste due lupe chiacchierare insieme è per me un dolce sogno in cui non smetto di cullarmi.

All'indomani del concerto passeggiamo per Siviglia come due veri innamorati. La temperatura è piacevole, un vento tiepido ci accarezza la pelle. In pieno sole le nostre dita eseguono maldestramente i gesti delle persone normali. La notte, comandate dal desiderio, si conoscono a memoria, ma qui sembrano quattro mani sinistre a cui venga chiesto di scrivere "buongiorno".

Siamo ingessati dalla testa ai piedi, una vera coppia di vampiri andati a fare la spesa al mercato senza occhiali da sole. Il colmo del romanticismo. E per noi, abbracciarci tranquillamente sulle sponde del fiume Guadalquivir, in pieno pomeriggio, è il massimo dell'erotismo.

Eppure sopra questa felicità semplice e ovvia incombe una nuvola minacciosa. Sono orgoglioso di Miss Acacia come non lo sono mai stato di nessuno. Man mano che il tempo passa però gli sguardi estasiati dei maschi della mia specie mi fanno ingelosire sempre più. Mi rassicuro ripetendomi che senza occhiali, forse non riesce nemmeno a vedere questa mandria di uomini più belli di me. Ciò non toglie che mi senta solo in mezzo a questa folla via via più vasta che viene ad applaudirla, mentre io devo indossare i panni dello straniero e tornare da solo nella mia soffitta di ombre.

Sono ancora più solo dal momento che lei non tollera l'idea che io soffra di questa situazione. Penso che continui a non credere alla storia del mio orologio-cuore.

Non le ho ancora spiegato che con questo cuore di fortuna il mio comportamento è pericoloso quanto quello di un diabetico che si rimpinza di bignè al cioccolato dalla mattina alla sera. Non sono sicuro di volerglielo raccontare. Stando alle teorie di Madeleine, adesso sono in punto di morte.

Sarò all'altezza? Questo vecchio trabiccolo del mio cuore reggerà?

E per mettere peperoncino in questa salsa già piccante, Miss Acacia è gelosa almeno quanto me. Aggrotta le sopracciglia come una leonessa pronta a scattare non appena una qualsiasi specie di cerbiatta pettinata un po' meglio entra nel mio campo visivo, anche fuori del treno fantasma.

All'inizio la cosa mi lusingava, mi sentivo capace di volare sopra ogni ostacolo. Avevo ali nuove ed ero sicuro che lei mi credesse. Ma da quando ho scoperto che mi considera un imbroglione, mi sento più fragile. Al fondo delle mie notti solitarie, anche la fiducia in me stesso è venuta meno.

Non è più una salsa che rende piccante la nostra storia, ma una zuppa di porcospini.

10

Un giorno, è arrivato al treno fantasma un uomo strano che aspirava al posto di spaventatore. Da quel giorno la zuppa di porcospini ha cominciato ad andarmi di traverso.

È alto, altissimo. La testa sembra superare il tetto del treno fantasma. Ha l'occhio destro nascosto da un pezzo di stoffa nera. L'occhio sinistro scruta l'Extraordinarium come farebbe la luce di un faro sul mare. Alla fine si sistema davanti alla sagoma di Miss Acacia. E non la lascia più.

Brigitte, convinta che non potrò mai aver successo in uno spettacolo basato sulla paura, lo assume immediatamente. Mi ritrovo alla porta. Tutto avviene molto in fretta, decisamente troppo in fretta. Dovrò chiedere a Méliès di ospitarmi nel suo laboratorio. In queste condizioni non so come potrò salvare la preziosa intimità con la mia piccola cantante.

Stasera Miss Acacia canta in un teatro cittadino. Come al solito, dopo la prima canzone mi intrufolo in fondo alla sala. Il nuovo spaventatore è seduto in prima fila. È così alto che rovina la visuale a mezza sala. O almeno, io non vedo niente.

Quest'occhio fisso su quelli di Miss Acacia mi fa salire il sangue alla testa. Per tutta la sera, perfino dopo il concerto, non ha spostato quella specie di lampeggiante. Ho voglia di dire a quel lampadario ambulante di sloggiare. Mi trattengo. Il mio cuore, invece, non tarda a sgolarsi in un la minore un po' falso. Tutta la sala si volta ridendo. Qualcuno mi chiede come faccio a produrre quei rumori bizzarri, poi uno mi dice:

"La riconosco! Lei è il tizio che fa ridere tutti nel treno fantasma!".

"Da ieri non lavoro più lì."

"Ah, scusi... In ogni caso il suo trucco è divertentissimo."

Mi ritrovo scaraventato nel cortile della scuola. Privato della fiducia conquistata fra le braccia di Miss Acacia. A poco a poco il mio essere si sfascia completamente.

Dopo lo spettacolo, è difficile che non mi sfoghi con l'eletta del mio cuore:

"Quel babbeo? Puah...".

"Sembra molto affascinato da te."

"Proprio tu che parli continuamente di fiducia mi fai storie per quella specie di pirata orbo?"

"Non ti rimprovero niente, vedo bene che è lui a girarti intorno come uno squalo."

Sono disorientato perché se le do fiducia temo che quel pirata faccia tutto il possibile per sedurla. Certi sguardi non mentono, anche quando provengono da un occhio solo. Anzi, l'intensità è raddoppiata.

Ma la zuppa di porcospini diventa davvero indigesta quando il babbeo orbo ci avvicina e chiede:

"Non mi riconoscete?".

Nell'istante in cui pronuncia queste parole, un brivido mi corre lungo la colonna vertebrale. Questa sensazione, che conosco bene e odio sopra ogni cosa, non l'avevo più provata dai tempi della scuola.

"Joe! Ma cosa ci fai qui?" esclama Miss Acacia, imbarazzata.

"Ho fatto un lungo viaggio per ritrovarvi, tutti e due. Un lunghissimo viaggio..."

Parla lentamente. A parte l'occhio e qualche pelo della barba, non è cambiato. È strano che non l'abbia riconosciuto subito. Non posso capacitarmi che Joe sia davvero qui. Per incoraggiarmi mi ripeto ossessivo: "Questo non è il tuo ambiente, Joe, ora tornerai immediatamente in fondo alle nebbie scozzesi".

"Vi conoscete?" chiede Miss Acacia.

"Eravamo a scuola insieme. Diciamo che siamo... vecchi conoscenti," risponde sorridendo.

Sono pietrificato dall'odio. Gli caverei anche il secondo occhio seduta stante per rispedirlo da dove viene, ma cerco di mantenere la calma davanti alla piccola cantante.

"Dobbiamo parlare," dice fissandomi con il suo occhio glaciale.

"Domani a mezzogiorno, davanti al treno fantasma, noi due soli."

"D'accordo. E non dimenticare di portare la copia delle chiavi," risponde.

La sera stessa, infatti, Joe entra nella mia ex camera. Dormirà nel letto in cui Miss Acacia e io abbiamo condiviso i primi giochi amorosi, passeggerà nei corridoi in cui ci siamo baciati tante volte, intravedrà le tracce dei nostri sogni negli specchi... Dal bagno dove ci siamo nascosti, sentiamo Joe che sistema le sue cose.

"Joe è uno dei tuoi ex, vero?"

"Oh, un ex... Ero una bambina. A vederlo ora mi chiedo come abbia potuto interessarmi un ragazzo come lui!"

"Me lo chiedo anch'io... E lo chiedo anche a te!"

"Era un po' il boss della scuola, a quei tempi riusciva a impressionare tutti. Ero molto giovane, tutto qua. Lo conosciamo entrambi: è una strana coincidenza!"

"No, non esattamente."

Non voglio raccontarle la storia dell'occhio. Ho paura che mi prenda per un pericoloso maniaco. Mi sento inesorabilmente in trappola. Un'unica cosa mi ossessiona: Joe è tornato e non so proprio come gestire la situazione.

"Perché ti ha chiesto la copia delle chiavi?"

"Brigitte Heim lo ha appena assunto nel treno fantasma al mio posto. A partire da stasera, prenderà anche la mia camera."

"Quella tizia non capisce niente!"

"Il problema è Joe!"

"Ti avrebbe buttato fuori comunque, lo sai. Troveremo altri nascondigli, andremo... Passeremo le notti al cimitero, se necessario, così potrai far finta di regalarmi dei fiori veri!

"Dai, non preoccuparti, troverai presto un altro lavoro. Forse non dovrai nemmeno più spaventare per esistere. Sono convinta che se ti concentri su ciò che sai fare, troverai qualcosa di molto meglio del treno fantasma. E non fare una tragedia per il ritorno di Joe. Io voglio solo te, lo sai, vero?"

Queste poche parole si accendono in me per spegnersi immediatamente. L'angoscia mi tesse una ragnatela in gola, la voce è intrappolata. Vorrei mostrarmi forte, ma vacillo da tutte le parti. Forza, vecchio tamburo mio, dobbiamo tenere duro!

Cerco di ridare slancio alla meccanica del mio cuore, ma senza risultati, e sprofondo nelle nebbie nerastre dei miei ricordi d'infanzia. Come a scuola, la paura riprende il sopravvento. Oh Madeleine, saresti furibonda... Quanto vorrei che stasera venissi a sussurrarmi all'orecchio: "*Love is dangerous for your tiny heart*". Ho tanto bisogno di te in questo momento...

Il sole picchia sul tetto del treno fantasma. All'orologio del mio cuore è mezzogiorno in punto. Mentre aspetto Joe, la mia carnagione di pallido rossiccio prende fuoco. Tre rapaci volteggiano in silenzio.

Torna per vendicarsi, e so bene che portarmi via Miss Acacia rappresenterebbe ovviamente la vendetta per eccellenza. Lo aspetto. Le arcate dell'Alhambra inghiottiscono le proprie ombre. Una goccia di sudore mi imperla la fronte per cadermi sull'occhio destro. Il sale che vi deposita lo fa lacrimare.

Joe appare all'angolo della strada principale che attraversa l'Extraordinarium. Tremo, in definitiva più per la rabbia che per la paura. Assumo un atteggiamento fintamente disinvolto, ma in realtà sotto la pelle gli ingranaggi si stanno carbonizzando. Le mie pulsazioni fanno più rumore dell'escavatore di un becchino.

Joe resta immobile esattamente davanti a me, a una decina di metri di distanza. L'ombra lecca la polvere dei suoi passi.

"Volevo rivederti, non per vendicarmi, contrariamente a ciò che potresti credere."

La sua voce è un'arma sempre temibile. Come quella di Brigitte Heim, ha la capacità di infrangere i vetri dei miei sogni.

"Non credo un bel niente. Mi hai umiliato e maltrattato per anni. Alla fine, un giorno, questo ti si è ritorto contro. Penso che siamo pari."

"Riconosco di averti fatto del male discriminandoti a scuola. Ho capito il tuo dolore troppo tardi, quando mi sono ritrovato orbo. Ho visto gli sguardi spaventati. Ho percepito la gente che cambiava atteggiamento. Alcuni mi evitavano come se fossi contagioso, come se parlando con me potessero perdere gli occhi anche loro. Giorno dopo giorno, ho preso coscienza di quanto male ti avessi potuto fare..."

"Ma non avrai attraversato mezza Europa per venire a scusarti, immagino."

"No, hai ragione. Abbiamo ancora qualche conto in sospeso. Ti sei mai chiesto perché mi sono accanito su di te?"

"All'inizio sì... Ho anche provato a parlarti, ma ti comportavi come un muro di mattoni. Lo sai, abitavo dalla 'strega che fa uscire i bambini dalla pancia delle puttane', forse 'io stesso ero uscito dalla pancia di una puttana', tanto per ricordare ciò che mi ripetevi tutto il giorno... E poi ero quello nuovo, il più piccolo della classe, e il mio cuore faceva dei rumori strani, era facile prendermi in giro e dominarmi fisicamente. In una parola, ero la vittima ideale... Fino a quel famoso giorno in cui hai superato i limiti."

"In parte è vero, però mi sono accanito su di te innanzitutto perché il primo giorno di scuola mi hai chiesto se conoscevo quella che allora chiamavi 'la piccola cantante'. Quel giorno, per me, hai firmato la tua sentenza di morte. Ero follemente innamorato. Per tutto l'anno che ha preceduto il tuo arrivo, ho cercato di avvicinarmi a Miss Acacia senza riuscirci. Ma un giorno di primavera, mentre lei pattinava sul fiume ghiacciato canticchiando come faceva di solito, il ghiaccio si è incrinato sotto i suoi piedi. Con le mie gambe lunghe e le mie grandi braccia, sono riuscito a salvarla. Sarebbe potuta morire. La rivedo ancora mentre tremava fra le mie braccia. Da quel giorno non ci siamo lasciati più, fino all'inizio dell'estate. Non avevo mai provato una felicità simile. Ma il giorno del rientro a scuola, dopo aver sognato per tutta l'estate di rivederla, vengo a sapere che è rimasta a Granada e non si sa quando tornerà."

Nella bocca di Joe, la parola "sogno" mi fa l'incoerente effetto di un pastore tedesco che degusta una brioche facendo attenzione a non sporcarsi il pelo con le briciole.

"E quello stesso giorno arrivi tu con l'aria da folletto con la cartella per dirmi che vuoi incontrarla e regalarle degli occhiali! Come se non bastasse soffrire per la sua mancanza, mi ritrovo faccia a faccia con te che raddoppi la mia gelosia; la tua presenza, infatti, significava chiaramente che avevamo un terribile punto in comune che ci lega ancora oggi: l'amore folle per Miss Acacia. Ricordo il rumore che faceva il tuo cuore quando parlavi di lei. Ti ho odiato immediatamente. Il suono del tic tac per me era lo strumento di misura del tempo che scorreva senza di lei. Uno strumento di tortura colmo dei tuoi sogni d'amore per la mia Miss Acacia."

"Questo non giustifica le umiliazioni che mi hai fatto passare ogni giorno, non potevo immaginare cosa fosse successo prima del mio arrivo."

"Lo so, ma le umiliazioni che ti ho fatto passare ogni giorno non equivalgono a QUESTO!"

A un tratto si solleva la benda, il suo occhio è una specie di bianco d'uovo sporcato di sangue e consumato da varici grigio-azzurre.

"Te l'ho detto," continua, "questo handicap mi ha insegnato molto su di me e sulla vita. Per quanto mi riguarda, sono d'accordo con te, siamo pari."

Prova un dolore incredibile a pronunciare questa ultima frase. E io provo un dolore incredibile ad ascoltarla, e subito rispondo:

"*Eravamo* pari. Tornando qui, te la prendi di nuovo con me!".

"Non vengo per vendicarmi di te, te l'ho detto, vengo per riportare Miss Acacia a Edimburgo. Sono anni che penso a questo momento. Perfino quando baciavo altre ragazze. Lo schifoso tic tac è risuonato tanto nella mia testa che credo tu mi abbia contagiato con la tua malattia il giorno in cui mi hai cavato l'occhio. Se lei non mi vuole, me ne andrò. In caso contrario, tu dovrai sparire. Nei tuoi confronti non provo più risentimento, ma sono sempre innamorato di lei."

"Io, invece, provo ancora risentimento verso di te."

"Devi farci l'abitudine, sono pazzo di Miss Acacia, come te. Sarà una lotta all'antica e lei sarà l'unico arbitro. Vinca il migliore, little Jack."

Risfodera quel sorriso di sufficienza che conosco fin troppo bene, e mi protende la mano con le dita lunghissime. Gli consegno le chiavi di camera. Ho l'infame presentimento di offrirgli le chiavi del cuore di Miss Acacia. E così facendo mi rendo conto che il tempo della spassosa magia insieme alla mia fiamma con gli occhiali è finito.

I sogni della casa-capanna in riva al mare dove potremmo passeggiare tranquilli di giorno e di notte. La sua pelle, il suo sorriso, la battuta pronta, le scintille del suo carattere che mi mettevano voglia di moltiplicarmi in lei. Questo "sogno reale", coi piedi per terra, appartiene al passato. Joe è venuto a prenderla. Sprofondo nelle nebbie dei miei più vecchi demoni. Le lancette dell'orologio si accartocciano nel fragile quadrante. Non sono ancora sconfitto, ma ho paura, molta paura.

Anziché guardare crescere il ventre di Miss Acacia come un giardiniere felice, ancora una volta dovrò tirar fuori dall'armadio l'armatura e affrontare Joe.

La sera stessa, Miss Acacia appare sulla porta di camera mia con lampi d'ira negli occhi. Mentre cerco di chiudere la valigia preparata male, sento che i minuti che seguiranno saranno tempestosi.

"Oh! Oh! Attenzione, burrasca in arrivo," esclamo per distendere il clima.

Se il suo tepore d'anticiclone è incomparabile, questa sera, in un attimo, la mia piccola cantante si trasforma in un barile di fulmini.

"E così cavi gli occhi alla gente! Ma di chi mi sono innamorata?"

"Io..."

"Come hai potuto compiere un gesto tanto orribile? Gli-hai-ca-va-to-un-occhio!"

È il gran battesimo del fuoco, il tornado flamenco con nacchere di polvere da sparo e tacchi a spillo piantati nei nervi. Non me lo aspettavo. Cerco una risposta, ma lei non mi lascia il tempo.

"Chi sei veramente? Se mi hai potuto nascondere un fatto così grave, che altro dovrò scoprire?"

Ha gli occhi sgranati per la rabbia, ma la cosa più difficile da sopportare è la tristezza orrendamente sincera che li cerchia.

"Come mi hai potuto nascondere un fatto tanto mostruoso?" ripete senza requie.

Quel bastardo di Joe aveva appena acceso la miccia più oscura riesumando il mio passato. Non voglio mentire alla mia piccola cantante. Ma non ci tengo nemmeno a raccontarle tutto, il che corrisponde, devo ammetterlo, a una mezza bugia.

"È vero, gli ho cavato un occhio. Ovviamente avrei preferito non arrivare a quel punto. Ma ha dimenticato di dirti ciò che LUI mi ha fatto passare per anni, e soprattutto perché lo ha fatto... Per colpa di Joe, ho vissuto le ore più buie della mia vita. A scuola, ero la sua vittima preferita. Te lo puoi immaginare! Un nuovo arrivato, piccolissimo, che ha un cuore che fa strani rumori... Joe trascorreva il tempo a umiliarmi, a farmi provare fino a che punto fossi diverso da 'loro'. Ero diventato una specie di pupazzo per lui. Un giorno mi rompeva un uovo in testa, il giorno dopo mi deformava l'orologio, ogni giorno c'era qualcosa, e sempre in pubblico."

"Lo so, ha atteggiamenti da gradasso, ha bisogno di attirare l'attenzione, ma non fa mai niente di veramente cattivo. Di sicuro non avevi motivo di comportarti come un criminale!"

"Non gli ho cavato un occhio per le sue spacconate, il problema è più antico."

I ricordi affiorano a ondate, le parole seguono il loro ritmo con difficoltà. Punto sul vivo, mi vergogno e al tempo stesso sono triste, ma faccio del mio meglio per esprimermi con calma.

"Tutto ha avuto inizio il giorno dei miei dieci anni. Era la mia prima volta in città, me ne ricordo come se fosse ieri. Ti ho sentita cantare, poi ti ho vista. Le lancette hanno puntato verso di te, come attratte da un campo magnetico. Il cucù ha iniziato a suonare. Madeleine mi tratteneva. Mi sono sciolto dalla sua stretta per venirti davanti. Replicavo alle tue battute come in uno straordinario musical. Tu cantavi, io replicavo, comunicavamo in un linguaggio per me ignoto, ma ci capivamo. Tu ballavi e io ballavo con te pur non sapendo ballare! Tutto poteva succedere!"

"Mi ricordo, mi ricordo tutto dall'inizio. Nell'istante in cui ti ho scoperto seduto nel mio camerino, ho capito che eri tu. Lo strano ragazzino di dieci anni che dormiva in fondo ai miei ricordi. Eri proprio tu..."

La malinconia non le abbandona il tono della voce.

"Ti ricordi... Ti ricordi che eravamo in una bolla? Ci dev'essere voluta tutta l'energia di Madeleine per strapparmi da quella bolla!"

"Ho calpestato gli occhiali, poi me li sono appoggiati sul naso tutti storti."

"Sì! Un paio di occhiali con una benda sulla lente destra! Madeleine mi aveva spiegato che questo tipo di tecnica si usa per far lavorare l'occhio più debole."

"Sì, è vero..."

"Da quel giorno non ho fatto altro che sognare di ritrovarti. Ho supplicato Madeleine di iscrivermi a scuola quando ho saputo che c'eri tu, ho aspettato tanto, almeno due anni, ma al posto tuo mi è toccato Joe. Joe e il suo codazzo di schernitori. Il primo giorno di scuola ho avuto la pessima idea di chiedere se qualcuno conosceva 'la piccola cantante sublime che sbatte dappertutto'. Ciò ha significato firmare la mia sentenza di morte. Joe non sopportava l'idea che tu non fossi più accanto a lui e ha concentrato tutta la frustrazione su di me. Sentiva quanto fremessi per te e questo raddoppiava la sua gelosia. Ogni mattina varcavo il portone della scuola con in pancia un peso di angoscia che non mi abbandonava per tutta la giornata. Ho subìto i suoi attacchi per tre anni scolastici. Fino al giorno in cui ha deciso di strapparmi la camicia perché rimanessi a torso nudo davanti a tutta la scuola. Ha voluto aprirmi l'orologio per umiliarmi un po' di più, ma per la prima volta non mi sono fatto mettere i piedi in testa. Ci siamo scontrati ed è finita male, malissimo, come sai. Allora ho lasciato Edimburgo a notte fonda, diretto in Andalusia. Ho attraversato mezza Europa per ritrovarti. Non è stato sempre facile. Mi mancavano Madeleine, Arthur, Anna e Luna, e del resto mi mancano ancora... Ma volevo rivederti, era il mio sogno più grande. So che Joe è tornato per portarti via. Farà di tutto per allontanarti da me. Ha già cominciato, non lo vedi?"

"Credi sul serio che potrei tornare con lui?"

"Non ho dubbi su di te, ma sulla sua capacità di scalfire la fiducia che a poco a poco cerchiamo di costruire. Da quando è arrivato non ti riconosco più. Ha preso il mio posto al treno fantasma, dorme nel nostro letto, l'unico luogo dove fossimo al riparo dal mondo esterno. Non appena volto le spalle, ti racconta idiozie sul mio passato... Mi sembra che mi privi di tutto."

"Ma tu..."

"Ascoltami. Un giorno mi ha guardato dritto negli occhi e mi ha avvertito: 'Ti spaccherò il tuo cuore di legno sulla testa, te lo spaccherò con tanta violenza che non sarai mai più capace di amare'. Sa dove mirare."

"Anche tu, a quanto sembra."

"Secondo te, perché ti ha raccontato la sua versione della storia dell'occhio?"

Alza le spalle da uccellino triste.

"Joe sa che sei tutta d'un pezzo. Sa accendere le micce dei tuoi capelli, quelle ciocche connesse al tuo cuore a forma di granata. Ma sa anche che sotto la scorza da bomba, sei fragile. E lasciando che il dubbio si insinui, potresti andare in frantumi. Joe cerca di renderci fragili per riaverti più facilmente! Se almeno te ne rendessi conto, potresti aiutarmi a impedirglielo!"

Si volta verso di me, sollevando appena le palpebre a ombrellino. Due grandi lacrime le solcano il viso splendido. Il trucco si scioglie sulle lunghe ciglia stropicciate. Ha lo strano potere di risultare magnetica nella sofferenza quanto nella gioia.

"Ti amo."

"Anch'io ti amo."

Bacio la sua bocca piena di lacrime. Ha un gusto di frutto troppo maturo. Poi Miss Acacia si allontana. La guardo mentre il bosco l'avvolge. Le ombre dei rami la divorano.

Soltanto pochi passi e svanisce lontana. Oh Madeleine, il tempo dei sogni che vanno in frantumi rende i miei ingranaggi sempre più rumorosi, e anche più dolorosi. Temo che non la rivedrò mai più.

11

Lungo la strada che conduce al laboratorio di Méliès, l'orologio fa uno schiocco secco. Le alcove seducenti dell'Alhambra mi rinviano un'eco funesta.

Arrivo, nessuno. Mi accomodo nel bel mezzo delle costruzioni di cartapesta. Smarrito fra queste invenzioni, divento una di loro. Sono un inganno umano che aspira a diventare un uomo senza inganni. Alla mia età, il trucco perfetto sarebbe quello di essere considerato un uomo vero, un adulto. Avrò il talento necessario per mostrare a Miss Acacia di che legno sono fatto, e quanto ardo per lei? Riuscirò a ottenere la sua fiducia senza che pensi sempre che voglio raggirarla?

I miei pensieri si spingono fino alla vetta della collina di Edimburgo. Mi piacerebbe teletrasportarla qui, di fronte all'Alhambra. Sapere cosa ne è della mia famiglia di fortuna. Vorrei che apparissero tutti, qui, ora! Mi mancano tanto...

Madeleine e Méliès discuterebbero di "lavoretti" e di psicologia attorno a uno di quei deliziosi pranzi di cui lei detiene il segreto. Con Miss Acacia si animerebbero sull'amore e forse si prenderebbero per le belle chiome. Ma l'ora dell'aperitivo sancirebbe la fine delle ostilità. Si sbeffeggerebbero a vicenda con tanta acidità e dolcezza che alla fine diventerebbero complici. Poi si unirebbero a noi Anna, Luna e Arthur, ravvivando la conversazione con le loro storie tristi e folli.

"Cos'è quest'aria triste... Dai, piccolo, andiamo, ti faccio vedere le mie belle!" mi dice Méliès aprendo la porta.

Lo accompagnano un'alta bionda dalla risata facile e una brunetta paffutella che aspira dal portasigarette come se fosse una bombola dell'ossigeno. Mi presenta:

"Signorine, ecco il mio compagno di viaggio, il mio più fedele alleato, l'amico che mi ha salvato dalla depressione amorosa".

Sono molto commosso. Le ragazze applaudono strizzando gli occhi ammiccanti.

"Mi dispiace," aggiunge Méliès rivolgendosi a me, "ma devo ritirarmi nelle mie stanze per una siesta ristoratrice di qualche secolo."

"E il viaggio sulla luna?"

"Ogni cosa a suo tempo. Di tanto in tanto bisogna imparare a 'riposarsi'. Il periodo del maggese è importante, fa parte del processo creativo!"

Avrei voluto parlargli del ritorno di Joe, chiedergli che mi controllasse un po' gli ingranaggi, fargli qualche altra domanda sulla vita con una scintilla, ma a quanto pare non è il momento giusto. Le sue pollastrelle affumicate schiamazzano già nell'acqua bollente; lascerò che faccia il suo dolce bagno.

"Se non ti scoccia, forse Miss Acacia verrà a trovarmi stanotte..."

"Sai bene che qui sei come a casa tua."

Torno al treno fantasma per prendere le ultime cose. L'idea di lasciare definitivamente questo posto è un'ulteriore incudine che va a pesare in fondo all'orologio. Il treno fantasma è popolato dai sogni meravigliosi con Miss Acacia. Inoltre vedere la gente che si divertiva alle mie prestazioni cominciava a piacermi.

Un grande manifesto con l'immagine di Joe ricopre la mia. La camera è chiusa a chiave. Le cose che non mi erano entrate nella valigia mi aspettano nel corridoio, ammassate sul monopattino. Sono diventato un maledetto fantasma. Continuo a non spaventare, nessuno ride al mio passaggio, nessuno mi vede. Sono trasparente perfino agli occhi pragmatici di Brigitte Heim. È come se non esistessi.

Dalla coda per lo spettacolo, un ragazzo mi chiama.

"Scusi, signore, ma lei non è l'uomo-orologio?"

"Chi? Io?"

"Sì, lei! Ho riconosciuto il suono del suo cuore! Allora è fatta? Torna al treno fantasma?"

"No, me ne sto andando."

"Deve tornare! Deve tornare, si sente molto la sua mancanza qui..."

Non aspettandomi queste attenzioni, qualcosa inizia a vibrare sotto gli ingranaggi.

"Vede, per la prima volta in vita mia, ho baciato una ragazza in questo treno fantasma. Ma ora che c'è Joe lo spilungone, non vuole metterci più piede. Ha paura. Non ci può lasciare in mano a Joe lo spilungone!"

"È vero, ci divertivamo parecchio prima!" urla un altro ragazzino.

"Torni!" continua un altro.

Mentre saluto la mia piccola adunanza, ringraziandola per le calorose parole, il cucù si risveglia. I tre ragazzi applaudono, qualche adulto si unisce timidamente a loro.

Salgo sul monopattino per scendere la strada maestra che fiancheggia l'Alhambra, fra gli incoraggiamenti di una parte della folla:

"Deve tornare! Deve tornare!".

"Se ne deve andare!" esclama all'improvviso una voce molto cupa.

Mi volto. Alle mie spalle, Joe ostenta un sorriso da vincitore. Se i tirannosauri sorridessero, avrebbero quel sorriso. Raro e inquietante.

"Me ne vado, ma ti avverto, tornerò. Hai vinto la battaglia del treno fantasma, ma il re del cuore di chi sai, sono io!"

La folla inizia a incitarci come durante un combattimento fra galli.

"E così, non ti sei accorto di niente?"

"Di cosa parli?"

"Non ti sembra che il comportamento di Miss Acacia nei tuoi confronti stia cambiando?"

"Sistemiamo questa faccenda in privato, Joe. Non fare nomi!"

"Eppure, ieri sera ho sentito che litigavate in bagno..."

"Per forza, le hai fatto credere cose tremende sul mio conto!"

"Le ho solo detto che mi avevi cavato un occhio senza motivo. Mi sembra leale!"

Una parte della gente in fila propende per Joe, un'altra più esigua per me.

"Avevi parlato di un combattimento all'antica, un combattimento corretto! Bugiardo!"

"E tu allora, che trucchi tutto, sogni la tua vita, e le tue pseudoinvenzioni poetiche sono solo menzogne. Hai uno stile diverso dal mio, ma la finalità è esattamente la stessa... Insomma, l'hai incontrata oggi?"

"No, non ancora."

"Ho preso il tuo posto, la tua camera, e tu hai perso tutto. È proprio così, l'hai persa, little Jack! Ieri, alla fine del vostro litigio, è venuta a bussare alla porta di camera mia. Aveva bisogno di conforto dopo la scenata di gelosia che le avevi appena fatto... Io non le ho parlato delle scemenze del tuo orologio ridicolo. Le ho parlato delle cose reali, quelle che riguardano tutti. Se pensava di sistemarsi in zona, in che tipo di casa le piacerebbe vivere, se voleva dei figli, argomenti di questo genere, capisci?"

Mi instilla il dubbio. La mia colonna vertebrale diventa un sonaglio e i brividi mi fremono ovunque sotto la pelle.

“Abbiamo parlato anche del giorno in cui ha rischiato di rimanere intrappolata nel lago ghiacciato. E a quel punto, si è raggomitolata fra le mie braccia. Come una volta, esattamente come una volta.”

“Ti cavo anche l’altro occhio, bastardo!”

“E ci siamo baciati. Come una volta, esattamente come una volta.”

Mi gira la testa, mi sento svenire. In lontananza, odo Brigitte Heim che inizia ad arringare la folla, il giro sul treno sta per cominciare. Il cuore mi soffoca, devo essere brutto come un rospo che sta per fumarsi l’ultimo sigaro.

Prima di andare a fare il suo spettacolo, Joe mi deride un’ultima volta:

“Non ti sei nemmeno accorto che la stavi perdendo. Mi aspettavo di affrontare un avversario più coriaceo. Non la meriti proprio”.

Mi avvento su di lui, con le lancette in avanti. Mi sento come un minuscolo toro con le corna di plastica, mentre lui è il toreador radioso che si accinge a infliggermi la stoccata. Mi prende per il colletto con la mano destra e mi scaraventa nella polvere senza apparente fatica.

Poi entra nel treno fantasma, e i clienti dietro di lui. Resto lì per un tempo infinito con il braccio sinistro appoggiato sul monopattino, incapace di reagire.

Alla fine vado al laboratorio di Méliès, impiegandoci un’eternità. Ogni volta che la lancetta dei minuti scatta, mi sembra che la lama di un coltello mi affondi nelle ossa.

Mezzanotte all’orologio del mio cuore. Aspetto Miss Acacia guardando la luna di cartone che il prestidigitatore dell’amore ha costruito per la sua Dulcinea. Mezzanotte e dieci, mezzanotte e venticinque, mezzanotte e quaranta. Nessuno. La meccanica del cuore si surriscalda, comincia a puzzare di bruciato. La zuppa di porcospini diventa sempre più corposa. Eppure ho fatto di tutto per non condirla con troppi dubbi.

Méliès esce dalla camera, seguito dal suo corteo di chiappe e tette allegre. Anche se è euforico, capisce quando non sto bene. Con un'occhiata tenera, comunica alle belle di darsi una calmata, di modo che lo scarto nell'atmosfera non mi abbatta ancor di più.

Non è venuta.

12

Il giorno seguente Miss Acacia ha un concerto in un cabaret di Marbella, una stazione balneare a un centinaio di chilometri da Granada. "Una buona occasione per ritrovarla, lontano da Joe," mi suggerisce Méliès.

Mi presta il suo completo più bello e il cappello amuleto. Febbrile gli chiedo di accompagnarmi; accetta con la stessa semplicità della prima volta.

Lungo la strada, la paura e il dubbio rivaleggiano con il desiderio. Non avrei mai pensato che fosse tanto complicato tenere al proprio fianco la persona che amiamo più di ogni altra cosa. Lei è generosa, offre incondizionatamente e senza mai grettezze. Anch'io sono generoso, eppure lei riceve meno. Forse non so offrire. Ma non per questo mi farò lasciare a terra dal treno più magico di tutta la mia vita, un treno trainato da una locomotiva che sputa petali di giunchiglie in fiamme. Questa sera stessa le spiegherò che sono pronto a cambiare tutto, ad accettare tutto, purché mi ami. E tutto ricomincerà come prima.

Il palco, minuscolo, sorge in riva al mare. Sembra che il mondo intero si sia riunito qui attorno. In prima fila, l'ineffabile Joe. Pare un totem dotato del potere di farmi tremare dalla testa ai piedi.

La mia piccola cantante entra in scena, batte i tacchi con

una violenza inaudita, forte, sempre più forte. Urla, ulula, lancia grida. Oggi è abitata da un lupo. Un blues ocra contamina il suo flamenco. Le spezie ballano sulla sua lingua. Avvolta in un vestito dai riflessi arancio, somiglia a una polveriera musicale. Troppe tensioni da esorcizzare questa sera.

A un tratto la gamba sinistra trapassa il pavimento, poi quella destra, in un trambusto incendiario. Mi precipito per aiutarla, ma la gente non mi lascia passare, preferisce urlare senza muoversi e guardarla mentre lei si conficca come un chiodo vivente. Incrocio il suo sguardo, non credo che mi riconosca – forse a causa del cappello di Méliès. Joe si precipita verso di lei, con le sue lunghe gambe fende facilmente la folla. Fatico nella massa. Lui guadagna terreno. Fra pochi secondi, la prenderà fra le braccia. Non posso lasciarla in quelle braccia. Il volto di Miss Acacia si contrae, è ferita. Non è il tipo da lamentarsi per un nonnulla. Vorrei essere un medico, o meglio uno stregone capace di rimetterla subito in piedi. Scalo il tetto della folla, cammino sui crani, come facevo nel treno fantasma. Lo raggiungerò, la raggiungerò. Si è fatta male, non voglio che soffra. Ora la gente si accalca contro il palco, avida di "vedere". Arrivo all'altezza di Joe. Impedirò che le zanne del pavimento la divorino ancora! Questa volta sarò io a salvare Miss Acacia e così facendo mi salverò fra le sue braccia.

Dalle profondità degli ingranaggi, un dolore improvviso mi attraversa i polmoni. Joe mi ha superato. Le sue lunghe dita raccolgono Miss Acacia sotto i miei occhi, e io osservo tutto al rallentatore: devo aver lasciato che il sogno di salvarla avesse la meglio su di me. Lui avvolge il suo corpo d'uccellino. L'orologio scricchiola di mille gessetti. Joe porta Miss Acacia come una sposa. La trovo bella, perfino fra le sue braccia. Spariscono nel camerino. Mi trattengo dall'urlare e tremo un po'. Madeleine, aiutami! Mandami un esercito di cuori di acciaio.

Devo sfondare quella porta. La colpisco a testate. La porta resta chiusa. Mi risollevo da terra e recupero in parte i sensi. Scorgo il mio riflesso nel vetro. Mi è spuntato un bernoccolo azzurrognolo sulla tempia sinistra.

Dopo diversi tentativi, la porta si apre e vedo Miss Acacia stesa fra le braccia di Joe. L'abito rosso leggermente sollevato fa tutt'uno con le gocce di sangue che stillano dai polpacci. Sembra che Joe l'abbia appena morsa e si accinga a divorarla.

"Cosa ti è successo?" dice avvicinando la mano alla mia testa per accarezzare il bernoccolo.

Schivo il gesto.

Il mio cuore ha colto lo slancio di tenerezza ma non lo ha recepito davvero. È dominato dalla rabbia. Lo sguardo di Miss Acacia si irrigidisce. Joe stringe il suo corpicino d'uccello contro il robusto petto come per proteggerla da me. Oh Madeleine, chissà come trema la lavagnetta sopra il mio letto! L'orologio mi palpita fin sotto la lingua.

Miss Acacia chiede a Joe di uscire. Lui obbedisce con la desueta gentilezza di un judoka. Ma prima la posa con delicatezza su una sedia; evidentemente ha paura che si rompa. I suoi gesti soavi sono insopportabili.

"Hai baciato Joe?"

"Scusa?"

"Sì!"

Ho smosso una valanga.

"Ma come puoi credere una cosa simile? Mi ha solo aiutata a estrarre la gamba dal pavimento marcio. L'hai visto anche tu, no?"

"L'ho visto, ma ieri lui mi ha raccontato che..."

"Credi davvero che voglia tornare con lui? Credi che potrei farti questo? Non capisci proprio niente!"

La paura di perderla e il mal di testa formano un vortice elettrico di cui ho perso il controllo. Vomiterò bile, la sento salire come brace lungo l'esofago, inondarmi il cervello. Cortocircuito dentro la testa. Pronuncio parole terribili, sentenze definitive.

Vorrei riavvolgerle subito con la lingua ma il fiele fa già effetto. Sento i legami che ci uniscono rompersi uno a uno. A forza di frasi lancinanti, affondo la nostra nave, devo fermare questa macchina sputa-risentimento prima che sia troppo tardi, ma non ci riesco.

Joe apre la porta piano piano. Non dice niente, introduce solo la testa per mostrare a Miss Acacia che veglia su di lei.

"Va tutto bene, Joe! Non ti preoccupare."

Le sue pupille brillano di una tristezza infinita, ma le increspature attorno alla graziosa bocca ostentano rabbia e disprezzo. Quegli occhi di cui ho tanto adorato il fiorire delle ciglia ora spandono solo pioggerella e nebbia vuota.

È in assoluto la più fredda delle docce, che ha il vantaggio di riportarmi alla realtà. Sto rovinando tutto, lo vedo nello specchio rotto del suo sguardo, devo fare marcia indietro, e più in fretta possibile.

Tento l'inverosimile, spalancando le paratoie di ciò che ho sempre voluto nascondere. So che avrei dovuto iniziare da qui, che faccio tutto disordinatamente, ma provo ancora a invertire il senso di marcia.

"Ti amo di sbieco perché ho un cuore malandato fin dalla nascita. I medici mi hanno formalmente vietato di innamorarmi perché il mio orologio-cuore è troppo fragile per resistere. Ciò nonostante ho messo la mia vita nelle tue mani, perché oltre al sogno, tu mi hai regalato una dose d'amore tanto forte che mi sono sentito capace di affrontare qualunque cosa per te."

All'orizzonte non c'è ombra di fossette sulle guance.

"Oggi faccio tutto al contrario perché non so più come comportarmi per non perderti e questo mi fa stare male. Ti am..."

"E oltretutto credi davvero alle tue frottole! È una cosa patetica!" taglia corto lei. "Sicuramente non agiresti così se ci fosse del vero in quello che racconti... Sicuramente non così. Vattene, vattene, per favore!"

Il cortocircuito aumenta, ha la meglio sul mio orologio rosso. Gli ingranaggi si urtano in uno scricchiolio funesto. Mi brucia il cervello, il cuore si impadronisce della testa. Sono sicuro che attraverso i miei occhi lo si veda manovrare.

"Allora, sarei solo un impostore? Verifichiamolo subito, non perdiamo altro tempo!"

Tiro le lancette con tutte le forze. Fa molto male. Afferro il quadrante con le mani e, come un forsennato, cerco di strappare l'orologio. Voglio espellere questo peso e scagliarlo nella spazzatura sotto i suoi occhi perché finalmente capisca! Il dolore è insopportabile. Primo scatto. Non succede niente. Secondo scatto, ancora niente. Il terzo, più violento, sembra una raffica di coltellate. Sento la voce di Miss Acacia in lontananza che implora: "Smetti... Smetti!". Un bulldozer sta distruggendo tutto in mezzo ai miei polmoni.

Qualcuno sostiene che quando arriva la morte si vede una luce molto intensa. Io ho visto solo ombre. Enormi ombre a perdita d'occhio e una tempesta di fiocchi neri. Una neve nera che progressivamente mi ricopre le mani, poi le braccia aperte. Il sangue impregna talmente il nevischio che sembrano spuntare delle rose rosse. Poi le rose si cancellano e anche il mio corpo scompare completamente. Sono rilassato e ansioso, come se mi preparassi per un lunghissimo viaggio aereo.

Un ultimo mazzo di scintille mi appare sotto le palpebre: Miss Acacia balla in equilibrio sui tacchi a spillo, la dottoressa Madeleine è china su di me e ricarica l'orologio del mio cuore, Arthur sbraita il suo swing a suon di *Oh When the*

Saints, Miss Acacia balla sui tacchi a spillo, Miss Acacia balla sui tacchi a spillo, Miss Acacia balla sui tacchi a spillo...

Finalmente le grida terrorizzate di Miss Acacia mi tirano fuori da questo stato di sonnambulismo. Alzo la testa e la guardo. Ho due lancette rotte in mano. Nei suoi occhi, la tristezza e la rabbia hanno lasciato spazio alla paura. Ha le guance scavate e le sopracciglia ad accento circonflesso le dividono la fronte. I suoi occhi, fino a ieri pieni d'amore, somigliano a due tamburi bucati. Mi sembra di essere osservato da una graziosa morta. Un immenso senso di vergogna mi travolge e la collera verso me stesso supera quella che provo per Joe.

Miss Acacia lascia il camerino. La porta sbatte come uno sparo. Dal mio cappello si scuote un uccello che forse Méliès ha dimenticato di togliere. Ho freddo, sempre più freddo. È arrivata la sera più fredda del mondo. Se mi sferruzzassero il cuore con attizzatoi di ghiaccio, sarei più rilassato.

Lei mi passa davanti senza voltarsi e sparisce nell'oscurità come una cometa triste. Sento il rumore dell'urto contro un lampione e qualche imprecazione in spagnolo. Il cervello ordina un sorriso ai miei ricordi, ma il messaggio deve essersi perso per strada.

Qualche metro sopra la scena, il fulmine squarcia il cielo. Gli ombrelli germogliano come fiori di una primavera funesta; comincio a essere stanco di morire sempre.

Reggo l'orologio con il palmo della mano sinistra. Gli ingranaggi sono insanguinati. Mi gira la testa, non riesco più a far funzionare le gambe. Non appena provo a camminare, incrocio le ginocchia come uno sciatore dilettante.

L'uccello canterino tossisce a ogni mio spasmo, intorno a me intravedo qualche pezzetto del suo legno rotto. Mi pervade un sonno pesante. Evaporo nella foschia pensando a Jack lo Squartatore. Finirò come lui, capace di avere storie d'amore solo con le morte?

Ho vissuto tutto per Miss Acacia, i sogni, la realtà, e non ha funzionato niente. Avrei desiderato, avrei tanto desiderato, forse anche troppo, che funzionasse! Pensavo di poter fare qualunque cosa per lei: sbriciolare scaglie di luna per coprire di paillette le sue palpebre, non dormire più prima del cinguettio degli uccelli che sbadigliano alle cinque di mattina, attraversare la Terra per raggiungerla all'altro capo del mondo... E questo è il risultato?

Un lampo fa lo slalom fra gli alberi per finire la sua corsa silenziosa sulla spiaggia. Il mare si illumina un istante. Forse Miss Acacia ha qualcos'altro da dirmi?

L'attimo seguente, l'interruttore di schiuma ripiomba Marbella nel buio. Gli spettatori se ne vanno sotto la pioggia come conigli selvatici. È tempo che riponga le mie pentole di sogni.

13

Méliès impiegherà due giorni a trascinare la mia carcassa da Marbella a Granada. Quando finalmente arriviamo nei dintorni della città, l'Alhambra ha l'aspetto di un cimitero di elefanti. Vedo spuntare zanne luminose pronte a sminuzzarmi.

"Tirati su! Tirati su!" mi suggerisce Méliès. "Non lasciarti andare, non lasciarmi!"

Quaggiù va tutto in pezzi. Sbircio i monconi delle lancette. Quello che vedo mi fa paura. Mi ricorda la mia nascita.

Le cose che avevano assunto un grande significato svaniscono. Il desiderio di fondare una famiglia e fare attenzione al mio orologio per resistere più a lungo possibile, i miei sogni d'adulto nuovo di zecca si sciolgono come fiocchi sul fuoco. Che idiozia rosa, l'amore! Eppure Madeleine mi aveva avvertito, ma io ho voluto ascoltare solo il cuore.

Mi trascino sempre più lentamente. In petto mi divampa un grande incendio, ma sono come anestetizzato. Mi può pure passare un aereo in mezzo alla testa, ora non cambierebbe granché.

Vorrei tanto veder apparire l'alta collina di Edimburgo. Oh Madeleine, se soltanto... Filerei dritto nel mio letto. Sarà pur rimasto qualche sogno infantile nascosto sotto il cuscino, cercherei di non schiacciarlo con la testa carica di preoccupazioni da adulto. Proverei ad addormentarmi pensando di non svegliarmi mai. Questa idea mi sembrerebbe stranamente rassicurante. La mattina seguente emergerei a fatica, rintronato come un pugile suonato. Madeleine però mi riparerebbe come una volta, con tutte le attenzioni.

Arrivati al laboratorio, Méliès mi sistema nel suo letto. Il sangue si sparge sulle lenzuola bianche. Le rose delle nevi ricompaiono, vorticose. "Accidenti, ho macchiato le lenzuola!" mi dico in un sussulto di coscienza. La testa pesa un quintale, il cervello è stanco di restare nel cranio quanto il cuore di rimanere sotto il quadrante dell'orologio.

"Voglio cambiare cuore! Modificami, non mi voglio più così!"

Méliès mi osserva, preoccupato.

"Non ne posso più di questa incudine di legno che scricchiola continuamente."

"Vedi, il tuo problema mi sembra molto più profondo del legno dell'orologio."

"Ho la sensazione di avere un'enorme acacia che mi cresce fra i polmoni. Stasera ho visto Joe mentre la portava in braccio ed è stata una pugnalata. Non avrei mai creduto che fosse così doloroso. E quando è andata via, sbattendo la porta, è stato anche peggio."

"Conoscevi i rischi che avresti corso dando le chiavi del tuo cuore a una scintilla, ragazzo mio!"

"Vorrei che mi mettessi un cuore nuovo e facessi ripartire il contatore da zero. Non voglio innamorarmi mai più in vita mia."

Scorgendo nel mio sguardo il bagliore della follia suicida, Méliès ritiene inutile qualsiasi discussione. Mi stende sul bancone, come faceva Madeleine in passato, e mi lascia attendere.

"Aspetta, vado a cercare qualcosa."

Non riesco a rilassarmi, gli ingranaggi cigolano terribilmente.

"Eppure devo avere qualche pezzo di ricambio..." aggiunge.

"Sono stufo di farmi riparare, vorrei qualcosa di abbastanza robusto per sopportare le emozioni forti come fanno tutti. Non hai un orologio di ricambio?"

"Non risolverà nulla, lo sai. È il tuo cuore di carne e sangue che bisognerebbe riparare. Hai bisogno di amore e di tempo – di molto tempo però."

"Non ho voglia di aspettare e non ho più alcun amore, cambiami quest'orologio, ti supplico!"

Méliès va in città a cercarmi un cuore nuovo.

"Mentre aspetti, cerca di riposarti un po'. E soprattutto, niente scherzi."

Decido di caricare il mio vecchio cuore per l'ultima volta. Mi gira la testa. Un pensiero colpevole vola verso Madeleine che si è data tanto da fare perché stessi in piedi e andassi avanti senza rompermi. Sentimento di vergogna totale.

Mentre infilo la chiave nella serratura, un dolore vivo sale sotto i polmoni. Qualche goccia di sangue stilla all'intersezione delle lancette. Cerco di togliere la chiave, ma è incastrata nella serratura. Provo a sbloccarla con le lancette rotte. Faccio forza, con tutte le scarse forze evanescenti che mi restano. Quando finalmente ci riesco, il sangue scorre copioso dalla serratura. Sipario.

Méliès è tornato. Lo vedo sfocato, come se mi avessero sostituito gli occhi con quelli di Miss Acacia.

"Ti ho trovato un cuore nuovo di zecca, senza cucù e con un tic tac molto meno rumoroso."

“Grazie...”
“Ti piace?”
“Sì, grazie...”
“Sei sicuro di non volere più il cuore con cui Madeleine ti ha salvato la vita?”
“Sono sicuro.”
“Non sarai mai più come prima, questo lo sai?”
“È proprio ciò che voglio.”
Poi, non ricordo più niente, a parte la sensazione di sogno sfocato, seguito dai postumi di una sbornia colossale.

14

Quando finalmente apro gli occhi, intravedo il mio vecchio orologio sul comodino. Fa uno strano effetto poter prendere il proprio cuore in mano. Il cucù non funziona. È polveroso. Mi sento come un fantasma che bello tranquillo si fuma una sigaretta appoggiato alla pietra della sua tomba, con la differenza che io sono vivo. Indosso un pigiama bizzarro e ho due tubicini piantati nelle vene: un altro aggeggio da portarsi dietro.

Osservo il mio cuore nuovo senza lancette. Non fa alcun rumore. Quanto tempo ho dormito? Mi alzo con difficoltà. Mi fanno male le ossa. Méliès è irreperibile. Una donna vestita tutta di bianco è seduta alla scrivania. Un'altra "bella", immagino. Le faccio cenno con la mano. Sobbalza come se avesse appena visto passare uno spettro. Le tremano le mani. Finalmente credo di essere riuscito a spaventare qualcuno.

"Sono così felice di vederla in piedi! Se sapesse..."

"Anch'io! Dov'è Méliès?"

"Si sieda, le devo spiegare alcune cose."

"Mi sembra di aver passato centocinquanta anni disteso, posso rimanere cinque minuti in piedi."

"In realtà, è preferibile che resti seduto... E poi ho qualcosa di importante da rivelarle. Qualcosa che nessuno le ha mai voluto dire."

"Dov'è Méliès?"

"È tornato a Parigi qualche mese fa. Mi ha chiesto di occuparmi di lei. Le voleva molto bene, sa? Era affascinato dall'impatto che l'orologio aveva sulla sua immaginazione. Quando lei ha avuto l'incidente, Méliès si è sentito molto in colpa per non averle rivelato la verità sulla sua vera natura, anche se non è scontato che questo avrebbe cambiato il corso degli eventi. Ora, però, deve conoscere la verità."

"Quale incidente?"

"Non se ne ricorda?" chiede con aria triste. "A Marbella, lei ha tentato di strapparsi l'orologio che era cucito al suo cuore."

"Ah già..."

"Méliès ha provato a trapiantarle un cuore nuovo per tirarle su il morale."

"Tirarmi su il morale! Rischiavo di morire!"

"Sì, tutti abbiamo la sensazione di morire quando ci separiamo da una persona amata. Ma io parlo del cuore nel senso meccanico del termine. Mi ascolti attentamente, perché so bene che quanto sto per dirle è difficile da credere..."

Si siede accanto a me, mi prende la mano destra fra le sue. La sento tremare.

"Lei avrebbe potuto vivere senza questi orologi, senza quello vecchio e senza quello nuovo. Non interagiscono in alcun modo con il suo cuore fisico. Non sono vere protesi, ma soltanto dei placebo che, da un punto di vista medico, non servono a niente."

"Ma è impossibile! Perché Madeleine avrebbe inventato tutto questo?"

"Forse per motivi psicologici. Probabilmente voleva proteggerla dai suoi stessi demoni, come fanno molti genitori in un modo o nell'altro."

"Adesso capisco perché mi ha sempre consigliato di farmi curare il cuore dagli orologiai e non dai medici. Lei non capisce questo tipo di medicina, ecco tutto."

“So che è un risveglio un po’ brutale, ma è arrivato il momento che qualcuno le rimetta le rotelle a posto – mi conceda l’espressione –, se intende riprendere la vita vera.”

“Non credo nemmeno a una parola.”

“È normale, ha creduto per tutta la vita alla storia dell’orologio-cuore.”

“Lei come fa a conoscere la mia vita?”

“L’ho letta... Méliès ha scritto la sua storia in questo libro.”

L’uomo senza inganni recitava la copertina. Lo sfoglio rapidamente, ripercorro la nostra epopea attraverso l’Europa. Granada, l’incontro con Miss Acacia, il ritorno di Joe...

“Non legga subito il finale!” dice all’improvviso.

“Perché?”

“Innanzitutto deve assimilare l’idea che la sua vita non è legata all’orologio. Solo così potrà cambiare il finale del libro.”

“Non potrò mai crederlo e tanto meno ammetterlo.”

“Ha perduto Miss Acacia perché, duro come un mulo, credeva al suo cuore di legno.”

“Non posso ascoltare queste cose!”

“Avrebbe potuto accorgersene ma questa storia del cuore è troppo radicata in lei... Mi dia retta. Se vuole, legga pure tre quarti del libro, anche se di primo acchito potranno farla soffrire. Ma lei deve andare oltre.”

“Perché Méliès non me lo avrebbe mai detto?”

“Secondo Méliès, lei non era capace di ascoltarlo, psicologicamente parlando. Pensava che fosse pericoloso rivelarle la verità la sera dell’‘incidente’, visto lo stato di shock in cui si trovava quando è arrivato al laboratorio. Méliès si sentiva molto in colpa di non averlo fatto prima... Penso che si fosse lasciato sedurre dall’idea. Anche a lui basta poco per credere all’impossibile. Guardarla crescere conservando integra quella credenza gli metteva il buon umore... fino a quella tragica notte.”

"Adesso non ho alcuna voglia di ricordare quei momenti."

"Capisco, ma devo dirle ciò che è successo subito dopo... Vuole bere qualcosa?"

"Sì, grazie, ma niente alcol, ho ancora mal di testa."

Mentre l'infermiera va a prendere qualcosa per rinfrancarmi da tutte queste emozioni, osservo il mio vecchio cuore scassato sul comodino, poi il nuovo orologio sotto il pigiama sgualcito. Ha il quadrante metallico e le lancette protette da un vetro. Una specie di campanello da bicicletta sovrasta il numero dodici. Questo orologio mi fa prurito, è come se mi avessero trapiantato il cuore di un altro. Mi chiedo cosa cercherà di farmi credere ancora questa strana signora in bianco.

"Quel giorno," racconta, "mentre Méliès era andato a prendere un orologio in città per darle un sollievo momentaneo, lei ha provato a ricaricare l'orologio rotto. Se ne ricorda?"

"Sì, vagamente."

"Dalla descrizione di Méliès, era in uno stato di quasi incoscienza e sanguinava abbondantemente."

"Sì, mi girava la testa, mi sentivo cadere per terra..."

"Ha avuto un'emorragia interna. Quando Méliès se ne è accorto, si è ricordato subito di me ed è venuto a prendermi di corsa. Ha dimenticato molto presto i miei baci, ma si è sempre ricordato delle mie doti infermieristiche. Ho bloccato l'emorragia appena in tempo, ciò nonostante lei non ha ripreso conoscenza. Méliès ci ha tenuto a operarla, come le aveva promesso. Diceva che con un orologio-cuore nuovo si sarebbe svegliato in uno stato psicologico migliore. Un atto al limite della superstizione, ma temeva che lei morisse."

La ascolto raccontare la mia storia come se mi informasse di qualcuno che conosco a malapena. Ho difficoltà ad associare queste elucubrazioni alla realtà.

"Ero follemente innamorata di Méliès, benché non fosse un sentimento davvero reciproco. All'inizio l'ho curata per restare in contatto con lui. Poi, leggendo *L'uomo senza inganni*, mi sono affezionata al suo personaggio. E adesso eccomi qua, immersa in questa storia, in senso proprio e figurato. Veglio su di lei dal giorno dell'incidente."

Sono sbigottito. Il sangue mi lancia strani segnali nella parte destra del capo. "Ma-ga-ri-è-ve-ro." "Ma-ga-ri-è-ve-ro."

"Secondo Méliès, quando lei ha distrutto il cuore sotto gli occhi di Miss Acacia, voleva dimostrarle quanto soffriva e al tempo stesso quanto la amava. Un atto sciocco e disperato. Ma era solo un adolescente – peggio ancora, un adolescente con i sogni di un bambino che non può fare a meno di mischiare i sogni e la realtà per sopravvivere."

"Ero lo stesso adolescente-bambino anche pochi minuti fa..."

"No, lei ha smesso di esserlo quando ha deciso di abbandonare il vecchio cuore. È ciò che temeva Madeleine: che lei diventasse adulto."

Più mi ripeto la parola "impossibile" e più "possibile" mi risuona in testa.

"Mi limito a raccontarle ciò che ho letto nel libro scritto da Méliès. Me lo ha dato subito prima di ripartire per Parigi."

"Quando tornerà?"

"Non penso che torni. Adesso è padre di due bambini e lavora sodo all'idea della fotografia in movimento."

"È padre?"

"All'inizio ci scriveva tutte le settimane – a lei e a me. Ora passano anche lunghi mesi senza che riceva sue notizie; credo abbia paura che gli annunci... il suo decesso."

"Come sarebbe a dire lunghi mesi?"

"È il 4 agosto del 1892. Lei è rimasto in coma per circa tre anni. So che non è facile da credere. Si guardi allo specchio. La lunghezza dei suoi capelli è il segno del tempo passato."

"Adesso non voglio vedere niente."

"I primi tre mesi apriva gli occhi solo pochi secondi al

giorno. Una volta si è svegliato e ha detto qualcosa su Miss Acacia prima di tornare nel limbo."

Alla sola menzione del suo nome, i miei sentimenti si rianimano con tutta la loro intensità.

"Dall'inizio dell'anno, i tempi di risveglio sono diventati più lunghi e più regolari. Fino a oggi. Vede, capita che la gente si svegli da un coma lungo come il suo. Dopo tutto, si tratta solo di una lunghissima notte di sonno. Che strana felicità vederla finalmente in piedi! Méliès sarebbe pazzo di gioia... Detto ciò, può darsi che lei abbia un po' di postumi."

"Sarebbe a dire?"

"Non si torna indenni da un viaggio così lungo! È già un fatto straordinario che si ricordi chi è."

Incrocio il mio riflesso nella porta a vetri del laboratorio. Tre anni. Sono un morto vivente. Che cosa hai fatto di questi tre anni, Miss Acacia?

"Sono davvero vivo? È un sogno, un incubo oppure sono morto?"

"Lei è vivo e vegeto, diverso ma vivo."

Dopo essermi liberato di quegli orribili tubi che mi pizzicavano i peli delle braccia, cerco di mettere insieme i sensi e le emozioni ingurgitando un vero pasto.

Miss Acacia è tornata nei miei pensieri. Non devo stare poi tanto male. Mi ossessiona intensamente come il giorno del mio decimo compleanno. Devo andare a prenderla. Non sono più sicuro di niente, salvo della cosa più importante: la amo ancora. La sola idea della sua assenza mi risveglia le nausee di brace. Niente ha più senso, se non provo a ritrovarla.

Non ho scelta, devo tornare all'Extraordinarium.

"Non vorrà andarci in questo stato!"

Parto senza aver finito di mangiare, diretto in città. Non ho mai corso così lentamente. L'aria fresca mi entra nei polmoni come sbuffi d'acciaio, mi sembra di avere cento anni.

Nei dintorni di Granada, la calce bianca delle case si mescola al cielo in grandi calderoni di polvere ocra. Mi imbatto nella mia ombra in un vicolo, non la riconosco. È soltanto il mio nuovissimo riflesso che sbatte nella vetrina. Capelli e barba mi conferiscono l'aspetto che un tempo deve aver avuto Babbo Natale, prima della fase con il pancione e i capelli bianchi. Ma c'è dell'altro. I dolori alle ossa hanno modificato il mio modo di camminare. Le spalle sembrano essersi allargate e mi fanno male i piedi, come se le scarpe fossero diventate troppo piccole. Alla mia vista, i bambini si incollano alle gonne delle madri.

Svoltando in una strada, incappo in un manifesto che ritrae Miss Acacia. La contemplo a lungo, fremendo di malinconico desiderio. Il suo sguardo si è fatto più sicuro, anche se continua a non mettersi gli occhiali. Adesso ha le unghie lunghe, con lo smalto. Miss Acacia è ancora più sublime di prima, mentre io sono diventato un cavernicolo in pigiama.

Appena arrivo all'Extraordinarium, mi dirigo immediatamente al treno fantasma. Una volta lì, mi si riversano addosso i migliori ricordi: riprendono il loro posto nella mia testa, raggiunti ben presto da quelli brutti.

Mi accomodo in un vagoncino quando, all'improvviso, scorgo Joe. Seduto sulla soglia, fuma una sigaretta. Mi sembra che abbiano allungato il percorso. A un tratto... vedo Miss Acacia, qualche fila dietro di me. Taci, mio cuore! Non mi riconosce. Taci, mio cuore! Nessuno mi riconosce. Anch'io ho difficoltà a riconoscermi. Joe cerca di spaventarmi come fa con gli altri clienti. Non ci riuscirà. Le sue doti di massacratore di sogni sono però intatte, a giudicare dal bacio che dà a Miss Acacia all'uscita del treno fantasma. Ma stavolta non mi lascerò abbattere. Del resto, adesso l'outsider sono io!

Miss Acacia dà un tiro alla sigaretta di Joe. L'intimità emanata da questo gesto mi fa lo stesso brutto effetto del bacio. Sono a pochi metri da me, trattengo il respiro.

La bacia ancora. Lo fa come se lavasse i piatti, senza pensare. Come si può baciare una ragazza simile senza pensare? Non dico niente. Rendimela! Vi faccio vedere io il cuore che avrò, e poco importa di quale materiale sarà fatto! Le emozioni si agitano, ma cerco con tutte le forze di non lasciarle trapelare.

Le scintille della voce di Miss Acacia mi pizzicano gli occhi come un gas lacrimogeno alla fragola. Alla fine mi riconoscerà?

Questa volta troverò il coraggio di dirle la verità? E se andrà male, troverò il coraggio di nascondergliela?

Joe torna dentro il treno fantasma. Miss Acacia invece mi passa proprio davanti, con i suoi modi da uragano in miniatura. Le volute del suo profumo mi sono familiari come una vecchia coperta piena di sogni. Per poco non dimentico che ormai è la donna del mio peggior nemico.

"Buongiorno!" dice scorgendomi.

Non mi ha ancora riconosciuto. Tre fiocchi di piombo mi si posano sulle spalle. Noto che ha un ematoma sul ginocchio sinistro.

Mi butto, senza sapere come atterrerò.

"Continua a non mettersi gli occhiali, vero?"

"È vero, ma non mi piace troppo essere punzecchiata su questo argomento," risponde con un sorriso sereno.

"Lo so..."

"Come fa a saperlo?"

"So che abbiamo litigato per colpa di Joe e della gelosia, che ho gettato il cuore nella spazzatura ostinandomi ad amarti di sbieco, ma voglio imparare tutto daccapo perché ti amo sopra ogni cosa." Queste sono le parole che dovrei dirle. Mi attraversano la mente, si dirigono alla bocca, però non escono. In compenso, tossisco.

“Che cosa fa in giro in pigiama? Non sarà per caso scappato dall’ospedale?”

Mi parla con delicatezza, come se fossi un vecchio.

“Non sono scappato, sono uscito... Sono uscito da una gravissima malattia...”

“Be’, ora, signore, dovrà trovarsi degli abiti!”

Ci sorridiamo come un tempo. Per un attimo penso che mi abbia riconosciuto, anzi, comincio ad augurarmelo garbatamente. Ci diciamo “a presto” e io me ne torno al laboratorio di Méliès, animato da una specie di stravagante speranza.

“Non aspetti a rivelarle la sua identità!” insiste l’infermiera.

“Ancora un po’, ho bisogno di riabituarmi a lei.”

“Comunque non indugi troppo... L’ha già persa una volta per averle nascosto il suo passato! Non aspetti che appoggi la testa sul suo petto e scopra che sotto c’è ancora un orologio. Piuttosto, non vuole che glielo tolga una volta per tutte?”

“Sì, lo faremo. Ma aspettiamo un altro po’, che stia meglio. Va bene?”

“Lei sta già meglio... Vuole che le tagli i capelli e le rada quella barba da uomo primitivo?”

“No, non subito. Invece non ha per caso un vecchio vestito di Méliès, uno di quelli che strascica per terra?”

Ogni tanto, mi piazzo in un luogo strategico, non lontano dal treno fantasma, così ci incrociamo, come per caso. Si instaura una complicità che somiglia talmente a quella che avevamo allora che le lacrime mi sgorgano nel pieno del sorriso. Nel vuoto di certi silenzi mi dico che lei sa ma tace. Anche se non è proprio nel suo stile.

Sto attento a non assillarla. Traggo insegnamento dal nostro primo incidente amoroso. Conservo i vecchi riflessi dell'uomo d'azione, ma il dolore mi fa essere meno veloce, se non altro meno precipitoso.

Mi accorgo che ricomincio a manipolare la verità, ma sono così felice di sgranocchiare qualche briciola della sua presenza al riparo della mia nuova identità che l'idea di smetterla mi fa venire i crampi. Questa piccola tresca va avanti da più di due mesi, e Joe non sembra essersi accorto di niente.

Ora mi fanno male anche le scarpe di Méliès. Il suo vestito, invece, mi fa sembrare un pescatore di cozze travestito da mago. L'infermiera Jehanne pensa che queste metamorfosi siano una conseguenza del lungo coma: le ossa tirate come molle per tre anni cercherebbero di recuperare il tempo perduto. All'improvviso il corpo si inarca dappertutto. Anche il mio viso cambia, la mascella si ispessisce e gli zigomi si fanno prominenti.

"Guarda chi si vede! L'uomo di Cro-Mignon* con il suo vestito nuovo di zecca," dice Miss Acacia vedendomi arrivare. "Basterebbe che passasse dal barbiere e avremo riconquistato un uomo civilizzato," bisbiglia oggi.

"Se mi chiama Cro-Mignon, non mi taglierò mai più la barba."

Mi è uscito spontaneamente, "*dragando piano*"**, mi sussurrerebbe Méliès.

"Può tagliarsela, se vuole la chiamerò Cro-Mignon lo stesso..."

È il gran ritorno degli istanti di turbamento. Non posso gustarli appieno, ma è sempre meglio che stare separato da lei.

"Mi fa pensare a un mio ex innamorato."

"Più all''ex' o più all''innamorato'?"

* Nomignolo coniato sulla definizione di "uomo di Cro-Magnon", uomo primitivo risalente al Paleolitico superiore, di cui sono state trovate le prime tracce nella località francese omonima. L'autore gioca con l'aggettivo "mignon", "piccolo e grazioso". [*N.d.T.*]

** In italiano nel testo. [*N.d.T.*]

"Tutti e due."
"Aveva la barba?"
"No, ma faceva il misterioso come lei. Credeva alle sue bugie, o meglio ai suoi sogni. Pensavo che lo facesse per impressionarmi, e invece lui ci credeva davvero."
"Forse ci credeva e allo stesso tempo voleva impressionarla!"
"Forse... Non so. È morto diversi anni fa."
"È morto?"
"Sì, ho portato i fiori sulla sua tomba anche stamani."
"E se fosse morto solo per impressionarla e perché lei ci credesse?"
"Oh, ne sarebbe capace, ma non avrebbe aspettato tre anni per tornare."
"Di cosa è morto?"
"È un mistero. Alcuni lo hanno visto lottare con un cavallo, altri dicono che abbia perso la vita in un incendio provocato accidentalmente. Io temo che sia morto di rabbia dopo la nostra ultima lite, una lite tremenda. Una cosa è certa: è morto perché è sepolto. E poi se fosse vivo, sarebbe qui. Con me."
Un fantasma nascosto dietro la barba, ecco cosa sono diventato.
"La amava troppo?"
"Non si ama mai troppo!"
"La amava male?"
"Non so... Costringermi a parlare del mio primo amore morto tre anni fa non mi sembra il modo migliore per farmi il filo, non le pare?"
"E quale sarebbe il modo giusto per farle il filo?"
"Non farmelo."
"Lo sapevo! È proprio per questo che non le stavo facendo nessun filo!"
Sorride.

Ho rischiato, ho davvero rischiato di dirle tutto. Con il mio vecchio cuore sarebbe andata proprio così, ma ora ogni cosa è diversa.

Sono rientrato in laboratorio come un vampiro torna nella bara, vergognandomi di aver morso un collo sublime.

"Non sarai mai più come un tempo," mi aveva detto Méliès prima dell'operazione. I rimpianti e i rimorsi si affollano sull'orlo di un abisso tempestoso. Pochi mesi e sono già stufo di questa vita in versione dietetica. Una volta finita la convalescenza, voglio tornare in ballo senza la maschera barbuta e i capelli incolti. Non mi rattrista crescere un po', ma devo superare lo scoglio della finzione dell'incontro casuale.

Questa sera vado a letto desideroso di frugare nel cestino della passione, fra i ricordi e i sogni. Voglio vedere cosa resta del mio vecchio cuore, quello con cui mi sono innamorato.

Il nuovo orologio quasi non fa rumore, ma non per questo sono meno insonne. Quello vecchio è riposto su uno scaffale, in una scatola di cartone. Se lo aggiustassi, forse tutto tornerebbe come prima, senza Joe, senza un coltello piantato fra le lancette. Tornare al tempo in cui amavo senza stratagemmi, quando mi lanciavo a testa bassa senza paura di sbattere contro i sogni, tornare indietro! Il periodo in cui non avevo paura di niente, in cui potevo salire sul missile rosa dell'amore senza allacciare la cintura. Oggi sono più grande e anche più ragionevole, ma di colpo non oso più tentare il grande salto verso colei che per me avrà sempre dieci anni. Il mio vecchio cuore, anche se ammaccato e fuori del corpo, in fin dei conti mi fa sognare più di quello nuovo, perché è quello "vero", è il mio. E l'ho rotto come un idiota. Che cosa sono diventato? Un impostore di me stesso? Un'ombra trasparente?

Afferro la scatola di cartone ed estraggo delicatamente l'orologio; lo poso sul letto. Si sollevano volute di polvere. Passo le dita sui vecchi ingranaggi. Un dolore, o il ricordo del dolore, si risveglia immediatamente, seguito da una sorprendente sensazione consolatoria.

Nel giro di pochi secondi l'orologio inizia a ticchettare, come uno scheletro che impara di nuovo a camminare, poi si ferma. Provo una gioia che mi trasporta dalla vetta della collina di Edimburgo alle tenere braccia di Miss Acacia. Risistemo le lancette al loro posto con due pezzi di spago non molto robusti.

Trascorro tutta la notte a cercare di riparare il mio vecchio cuore di legno e, da mediocre artigiano quale sono, non ci riesco. Ma all'alba sono deciso. Andrò a trovare Miss Acacia e le dirò la verità. Ho rimesso il vecchio orologio nella scatola. Lo regalerò alla grande cantante che è diventata. Questa volta non le darò soltanto la chiave, ma il cuore intero, nella speranza che abbia di nuovo voglia di aggiustare l'amore con me.

Cammino per la strada principale dell'Extraordinarium, con passo da condannato a morte. Incontro Joe. I nostri sguardi si incrociano come in un duello western al rallentatore.

Non ho più paura. Per la prima volta in vita mia, mi metto nei suoi panni. Oggi ho la possibilità di riconquistare Miss Acacia, come lui quando è venuto al treno fantasma. Penso all'odio che deve aver provato ai tempi della scuola: io non potevo fare a meno di parlare di lei, mentre lui soffriva le pene dell'inferno per la sua partenza. Questo spilungone mi fa pensare che forse ci somigliamo. Lo guardo allontanarsi finché non scompare dal mio campo visivo.

Sulla soglia del treno fantasma appare Brigitte Heim. Quando intravedo i capelli identici alle setole della sua scopa, faccio dietrofront. L'aria da strega giallognola puzza di solitudine. Sembra infelice come le vecchie pietre che si affanna a impilare per costruire case vuote. Ora che non mi riconosce più, avrei potuto tentare di parlarle tranquillamente. Ma l'idea di sentire la sua voce che sputa riflessioni preconfezionate mi dissuade dal farlo.

"Ho qualcosa da dirti!"

"Anch'io!"

Miss Acacia, o il dono di far sì che i miei piani saltino.

"Non voglio più che ci... Oh, hai un regalo per me? Che cosa c'è in quella scatola?"

"Un cuore in mille pezzi. Il mio..."

"Ti dai parecchio da fare per essere uno che sostiene di non farmi il filo!"

"Dimentica l'impostore che hai visto ieri, ora voglio dirti tutta la verità..."

"La verità è che tu non la smetti di farmi il filo con quell'aria spettinata e il tuo abito. Ma devo ammettere che mi piace... un po'."

Prendo le sue fossette fra le mani. Hanno conservato intatto il loro dolce splendore. Poso le mie labbra sulle sue senza dire niente. Per un attimo, la morbidezza della bocca mi fa dimenticare i buoni propositi. Ho l'impressione di aver sentito un ticchettio dalla scatola. Il bacio mi lascia un sapore di peperoncino. Lo sostituisce un secondo bacio. Più insistente, più profondo, uno di quelli che riaccende l'elettricità dei ricordi, tesori morti e sepolti sotto la pelle. "Ladro! Impostore!" mi sussurra la parte destra del cervello. "Aspetta! Ne riparliamo fra poco!" risponde il corpo. Ho il cuore in gola, che, tormentato all'inverosimile, batte silenzioso con tutte le sue forze. La gioia pura e semplice di ritrovare la sua pelle mi inebria, contraddicendo l'orrenda sensazione di cornificarmi da solo. È un'insopportabile fusione di felicità e sofferenza. In genere so essere molto felice e molto infelice, come la pioggia dopo il bel tempo. Ma, in questo preciso istante, i lampi solcano il cielo più azzurro del mondo.

"Ho chiesto di parlare per prima..." mi dice con aria triste, sciogliendosi dalla stretta. "Non voglio continuare a vederti. Mi rendo conto che ci ronziamo intorno da qualche mese, ma sono innamorata di un altro, da molto tempo. Iniziare una nuova storia sarebbe ridicolo, mi dispiace davvero. Sono ancora innamorata..."

"Di Joe, lo so."

"No, di Jack, l'ex di cui ti ho parlato, quello che mi ricordi ogni tanto."

Il big bang intersiderale delle sensazioni inverte le mie connessioni emotive. Arrivano le lacrime senza preavviso, calde, lunghe, impossibili da trattenere.

"Mi dispiace, non volevo farti soffrire, ma ho già sposato un uomo che non amo, non voglio rischiare di nuovo," dice, cingendomi con le esili braccia da passerotto.

Le mie ciglia devono spillare arcobaleni. Prendo il coraggio a due mani per riappropriarmi del pacchetto che contiene l'orologio-cuore.

"Non posso accettare regali da parte tua. Mi dispiace molto. Non rendere le cose ancora più complicate."

"Aprilo lo stesso, è un regalo per te, se non lo prendi, non servirà più a nessuno."

Accetta, visibilmente imbarazzata. Le sue piccole dita graziose e tinte con cura strappano la carta. Finge di sorridere. È un momento prezioso. Offrire il proprio cuore in un pacco regalo alla donna della nostra vita non è uno scherzo!

Scuote la scatola, fa finta di provare a indovinare cosa c'è dentro.

"È fragile?"

"Sì, è fragile."

Il disagio è palpabile. Scoperchia piano piano la scatola. Infila le mani in fondo e afferra il mio vecchio orologio-cuore.

La parte superiore del quadrante appare alla luce, poi il centro dell'orologio con le lancette rincollate.

Lo osserva. Nemmeno una parola. Fruga nervosamente in borsa, tira fuori un paio di occhiali che si appoggia maldestramente sull'impareggiabile nasino. I suoi occhi scrutano ogni dettaglio. Fa girare le lancette nel verso giusto poi in quello sbagliato. Le si annebbiano gli occhiali all'esterno. Scuote la testa, lentamente. Ora gli occhiali si annebbiano anche all'interno. Le tremano le mani. Sono connesse al mio petto. Il mio corpo registra i movimenti sismici, li riproduce. Non mi tocca, ma gli orologi risuonano in me, scossi dal tremito crescente.

Miss Acacia appoggia delicatamente il mio cuore sul muretto contro cui ci siamo stretti tante volte. Alla fine, alza la testa, mi guarda.

Le sue labbra si schiudono e sussurrano:

"Tutti i giorni, ci sono andata tutti i giorni. Sono tre anni che porto i fiori sulla tua maledetta tomba! Dal giorno del tuo funerale fino a stamani! C'ero anche poco fa. Ma questa è l'ultima volta... Perché tu, ormai, per me non esisti più...".

Gira i tacchi sul serio e, piano piano, supera il muretto. L'orologio del mio cuore è sempre lì sopra, con le lancette rivolte a terra. Lo sguardo di Miss Acacia mi attraversa senza rabbia: non esisto davvero più. Scivola come un uccello triste sulla scatola di cartone, poi prende il volo verso cieli le cui porte mi sono ormai chiuse. Il rumore dei suoi passi si assottiglia. Presto non vedrò più le sue natiche invitanti dondolarsi come una risacca di velluto. Presto l'oscillare lento e incerto della gonna farà sparire le sue gambe e resterà solo il leggero rumore dei passi. La sua figura non misurerà più di dieci centimetri. Nove centimetri, sei, appena la statura di un cadavere da seppellire in una scatola di fiammiferi. Cinque, quattro, tre, due...

Stavolta non la rivedrò mai più.

Epilogo

L'orologio meccanico della dottoressa Madeleine continuò il suo viaggio fuori del corpo del nostro eroe, se così lo possiamo chiamare.

Brigitte Heim fu la prima a notarne la presenza. Sul muretto, l'orologio-cuore sembrava un giocattolo per i morti. Decise di prenderlo per completare la sua collezione di oggetti insoliti. L'orologio quindi riposò per un po' sul pavimento del treno fantasma fra due teschi centenari.

Il giorno in cui Joe lo riconobbe, perse il potere di spaventare. Una notte, dopo il turno, decise di sbarazzarsene. Si incamminò verso il cimitero San Felipe con l'orologio sottobraccio. Segno di rispetto o soltanto superstizione? Non lo sapremo mai, fatto sta che Joe depose l'orologio sulla tomba allora trascurata di Little Jack.

Miss Acacia lasciò l'Extraordinarium nel mese di ottobre del 1892. Quel giorno stesso, l'orologio sparì dal cimitero San Felipe. Joe continuò la sua carriera al treno fantasma, anche lui tormentato fino alla fine dei suoi giorni dalla perdita di Miss Acacia.

Lei invece fece furore nei cabaret di tutta Europa con il nome di sua nonna. Dieci anni più tardi, di passaggio a Parigi, pare che sia stata vista nella sala di un cinema in cui proiettavano *Il viaggio nella Luna* di un certo Georges Méliès, diventato il più grande precursore del cinema di ogni tempo, l'inventore assoluto. Si racconta che, dopo la proiezione, lui e Miss Acacia abbiano parlato brevemente e lui le abbia consegnato una copia de *L'uomo senza inganni*.

Una settimana più tardi l'orologio ricomparve sul pianerottolo della vecchia casa di Edimburgo, avvolto in un sudario. Sembrava che lo avesse appena portato una cicogna.

Il cuore restò sullo zerbino per diverse ore prima di essere raccolto da Anna e Luna, che avevano recuperato la casa disabitata per farne un orfanotrofio che ospitava anche i bambini vecchi come Arthur. Dopo la morte di Madeleine la ruggine si era impossessata della sua colonna vertebrale e lui cigolava al minimo movimento. Cominciò a temere il freddo e la pioggia. L'orologio finì la sua corsa sul comodino di Arthur, insieme al libro che era stato infilato nel pacchetto.

Jehanne d'Ancy non rivide mai più l'orologio ma alla fine trovò la strada per arrivare al cuore di Méliès. Vissero insieme il resto dei loro giorni, gestendo un negozio di scherzi dalle parti della gare Montparnasse. Tutti avevano dimenticato il grande Méliès, ma Jehanne continuava ad ascoltare appassionatamente le sue storie sull'uomo con il cuore a orologio e altri mostri vestiti di ombre.

Il nostro "eroe" invece crebbe, non smise più di crescere. Ma non si riprese mai dalla perdita di Miss Acacia. Uscì tutte le notti, solo di notte, come una specie di fantasma, per aggirarsi nei dintorni dell'Extraordinarium, al riparo delle baracche delle attrazioni, senza mai varcarne la soglia.

Tornò allora sui suoi passi fino a Edimburgo. La città era esattamente come la ricordava, il tempo sembrava essersi fermato. Salì lungo la collina, come quando era bambino. Grossi fiocchi di neve bagnata si posarono sulle sue spalle, pesanti come cadaveri. Il vento leccava il vulcano dalla testa ai piedi, e la sua lingua ghiacciata squassava le nebbie. Non era il giorno più freddo del mondo, ma ci mancava poco. Proprio in mezzo alla tempesta di neve, risuonò un rumore di passi. Sul versante destro del vulcano, Jack ebbe l'impressione di riconoscere una figura familiare. Una chioma ventosa e quella famosa andatura da bambola imbronciata, appena snodata. "Ancora un sogno che si mischia alla realtà," pensò.

Quando aprì la porta della sua casa d'infanzia, tutti gli orologi di Madeleine erano silenziosi. Anna e Luna, le sue zie variopinte, stentarono a riconoscere colui che in realtà non potevano più chiamare "little Jack". Fu necessario che cantasse qualche nota di *Oh When the Saints* perché gli spalancassero le braccia smagrite. Luna gli riferì con tatto il contenuto della prima lettera, che non era mai arrivata, e incidentalmente gli confessò che quelle successive le avevano scritte loro. Prima che il silenzio facesse esplodere le pareti, Anna strinse forte la mano di Jack nella sua e lo accompagnò al capezzale di Arthur.

Il vecchio gli svelò il segreto della sua vita.

"Senza l'orologio di Madeleine, non saresti sopravvissuto al giorno più freddo del mondo. Ma nel giro di qualche mese il tuo cuore di carne e sangue era autosufficiente. Madeleine avrebbe potuto toglierti l'orologio, come faceva con i punti di sutura. In realtà, avrebbe dovuto. Nessuna famiglia osava adottarti a causa di questa riparazione approssimativa che faceva tic tac e ti usciva dal polmone sinistro. Con il passare del tempo, Madeleine si era affezionata a te. Ti vedeva come una piccola cosa fragile, da proteggere a ogni costo, legata a lei da quel cordone ombelicale a forma di orologio.

"Temeva terribilmente il giorno in cui saresti diventato adulto. Ha cercato di regolare la meccanica del tuo cuore in modo da tenerti sempre accanto a sé. Ci aveva promesso che si sarebbe abituata all'idea che forse anche tu avresti sofferto per amore, poiché così è la vita. Ma non ne è stata capace."

Per la manutenzione, la regolazione e i meravigliosi giri di chiave dati all'orologio-cuore di questo libro, un grazie a Olivia de Dieuleveult e Olivia Ruiz.